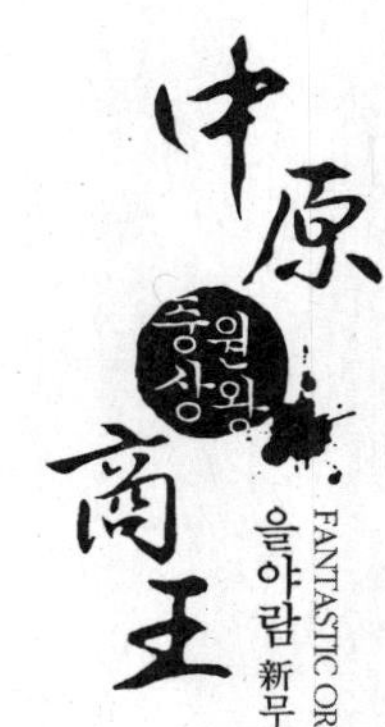

中原
商王
중원상왕
FANTASTIC ORIENTAL HEROES
을야람 新무협 판타지 소설

중원상왕 2

을야람 新무협 판타지 소설

초판 1쇄 찍은 날 § 2010년 10월 12일
초판 1쇄 펴낸 날 § 2010년 10월 19일

지은이 § 을야람
펴낸이 § 서경석

편집팀장 § 서지현
편집 § 박우진 · 어정원

펴낸곳 § 도서출판 청어람
등록번호 § 제1081-1-89호
등록일자 § 1999. 5. 31
어람번호 § 제2-1989호

주소 § 경기도 부천시 원미구 심곡2동 163-2 서경B/D 3F (우) 420-822
전화 § 032-656-4452 팩스 § 032-656-4453
http://www.chungeoram.com
E-mail § chungeoram@chungeoram.com

ⓒ 을야람, 2010

ISBN 978-89-251-2319-6 04810
ISBN 978-89-251-2317-2 (세트)

中原
張春達
중원상왕
2
中原商王
FANTASTIC ORIENTAL HEROES
을야람 新무협 판타지 소설
도서출판
청어람

目次

第一章
정도무림맹주 진노백의 열망

중원상왕

쏴아아!

하늘에 구멍이라도 뚫린 것인지 쏟아지기 시작한 비는 쉽게 멈출 생각을 하지 않았다. 강물은 넘칠 듯이 찰랑거려 수해가 일어날까 걱정하게 했고, 다져져 있던 관도는 빗물에 질척거렸다.

며칠째 계속되는 비로 행인들이 뜸해지자 대낮임에도 점포며 객잔들은 문을 걸어 닫고 비가 그치길 기다렸다.

"이제 그칠 때도 됐구만."

들고 있던 창을 놓고 우의를 걸치던 강일태가 짜증스러운 음성으로 말했다.

“에이, 이런 날은 술이라도 마시고 퍼질러 자는 게 제일 좋은데⋯⋯.”

그 말에 곽련이 고개를 끄덕거렸다.

“자, 어서 가세. 한 바퀴 휙하니 돌고 뜨끈한 술이나 한잔하지.”

“거 좋지.”

강일태와 곽련은 성벽을 지키는 군사였다.

빗발이 거세지기 시작한 뒤로 군사들은 조를 나누어 강둑을 순찰하는 임무를 맡았다. 수위를 확인해 미연에 수해를 방지하자는 좋은 뜻을 가지고 있었지만, 굵은 빗줄기에 옷이 젖고 질척거리는 땅을 걸어다녀야 하는 군사들은 짜증이 나기 일쑤였다.

열심히 한다고 수당이 늘어나는 것도 아니요, 술 한 병이 더 생기는 것도 아니다 보니 대개 순찰 업무에 태만할 수밖에 없었다.

강일태와 곽련이 순찰을 돌아야 할 구역은 강나루 인근이었다.

나루와 관도가 연결되어 있어 둑이 낮은 지역이었기 때문에 얼마 전 보를 한 뒤로는 다른 조들보다 더욱 순찰이 잦았다.

뒤이어 온 다른 조와 성벽을 지키는 임무를 교대한 강일태와 곽련은 짜증스러움이 가득한 발걸음으로 강나루를 향해 걸었다.

순찰을 돈 지가 고작 한 시진밖에 되질 않았는데 강물이 나루에 배가 닿는 곳까지 찰랑거리고 있었다.

"이 날씨에 배가 들어올 리 없으니 아직 괜찮으려나?"

강일태가 곽련의 의중을 묻듯이 쳐다보았다.

"암, 당연하지. 이 비를 뚫고… 오는 배가…….'

곽련은 고개를 주억거리며 나루를 쳐다보다가 고개를 갸웃거리며 한곳에 시선을 집중했다.

"배가… 있는…….'

곽련을 따라 강일태가 강으로 시선을 돌렸다.

세찬 비바람을 뚫고 멀리서 작은 배 한 척이 다가오고 있었다. 하지만 폭우를 뚫고 오기에는 너무나 작은 배였다. 물결이 높은데 돛이 달려 있지 않다 보니 언뜻 보기에는 나무판자처럼 보이기도 했다.

강일태와 곽련은 잘못 본 것이 아닌가 하며 눈을 비벼보았지만 그것은 분명히 배였고, 사람이 타고 있었다. 그것도 세찬 비바람을 맞으며 선두에 꼿꼿하게 서 있었다. 배가 점점 다가올수록 강일태와 곽련의 놀라움은 더욱 커졌다. 돛도 달지 않은 채 사공의 노에만 의존하고 있으면서도 배는 쏘아진 화살과도 같이 빨랐기 때문이다.

"……!"

강일태와 곽련이 믿기지 않는 얼굴로 서로를 쳐다보는 사이 작은 배는 나루에 닿았고, 배를 꽉 채우고 있던 다섯 명의 인물이 내렸다.

풀어헤친 앞섶과 헝클어진 머리카락이 바람에 휘날리는 그들은 어디에서나 볼 수 있는 걸인이었지만 어디에서도 볼 수 없는 강력한 존재감을 가지고 있었다.

그들은 비에 아랑곳하지 않고 걸음을 재촉하고 있었다.

"누, 누구요?"

몸에서 은연중에 흐르는 기백에 위축된 강일태는 상대가 걸인임에도 반 존대를 하며 물었다.

강일태와 곽련의 복장이 성을 지키는 군사의 그것이자 걸인들 중 제법 덩치가 큰 사내가 품에서 작은 패를 내밀었다.

흑옥으로 만들어진 패에는 '맹(盟)'이라는 글자가 양각되어 있었다. 강일태가 알기론 그런 패를 쓰는 곳은 단 한 곳, 바로 정주에 자리 잡은 정도무림맹이었다.

또한 걸인 복장에 그런 패를 소지한 자들도 단 한 곳뿐이었다.

"개, 개방이십니까?"

성문 근무를 하며 심심치 않게 정도무림맹의 인물들을 보아온 강일태가 조심스럽게 묻자 걸인이 고개를 끄덕거렸다.

그들은 얼마 전 강소성 남경 우가촌을 떠나온 비은 일행이었다.

"맹으로 가시는?"

"그렇소. 비켜주겠소?"

"아, 암요. 지나가십시오."

강일태와 곽련이 관에 소속된 군사라고는 해도 무림인들은 관의 통제를 벗어난 인물들이었으니 길을 막을 생각을 하진 못했다. 오래전 하늘을 날아다니고 청석을 두부 으깨듯이 하는 강호인들의 싸움을 본 적이 있는 강일태는 긴장된 눈으로 재빨리 비켜섰다.

"이 비에 고생이 많소. 그럼 수고하시오."

비은이 담담한 어조로 말하고는 그들을 스쳐 지나갔다.

멍한 얼굴로 성 방향으로 사라지는 비은 일행의 뒷모습을 바라보던 강일태가 고개를 갸웃거렸다.

"무슨 일이라도 있는 건가?"

"그게 무슨 소린가?"

"생각해 보게. 이 비에 저 강을 뚫고 오는 게 상식적으로 이해가 되는가? 아무리 무림인들이지만 잘못하다가는 물귀신 되기 십상인데. 더구나 육로를 통해 오늘만도 정도무림맹 산하에 있는 각파에서 수십여 명이 몰려 들어갔지 않은가? 보름 전부터 지금까지 정도무림맹에 새로 몰려든 무인들이 수백은 될 것 같은데……."

"……."

곽련이 강일태의 말에 강나루를 바라보고는 고개를 주억거렸다.

"분명 정도무림맹에 무슨 급한 일이 있는 게야."

"됐네. 신경 끄게. 어차피 우리하고는 상관없는 사람들이 아닌가? 어서 순찰이나 돌고 뜨끈한 국밥에 술이나 한잔하러 가세."

"그, 그럴까?"

＊　　　＊　　　＊

비은 일행이 배를 타고 정주에 도착한 그 시각,

청죽대의 호위를 받은 금섬상단 일행은 무한에서 배를 내려 운남관로(雲南官路)를 타고 정주의 초입에 도착했다.

"제기랄, 뭔 비가 쉬지도 않고 쏟아지는 거야?"

장춘달이 투덜거리며 얼굴로 흘러내리는 비를 닦아내었다.

"곧 있으면 도착입니다, 대협. 조금만 참으십시오."

눈썹이 곧게 뻗은 청죽대의 무인 조량이 공손하게 말했다.

남궁한이 다쳐 거동하지 못하게 된 뒤로 부대주인 그가 행렬의 길잡이 역할을 맡게 된 것이다.

장춘달의 행색이나 말투를 보고는 고작 상단 호위를 맡은 낭인 정도로 생각했던 청죽대의 무인들은 장강의 선상에서 대력혈부와의 싸움을 본 뒤로 그를 대함에 있어서 지극히 조심스러워졌다.

약관밖에 되지 않은 장춘달이었지만 청죽대의 무인 그 누
구도 그를 어리다 생각하지 않았다. 강호라는 것이 원래 무공
이 강하면 나이 따윈 거꾸로 가는 법이 아니던가.
　"대협은, 젠장할. 불알까지 흠뻑 젖었네. 그냥……."
　"불, 불알은… 좀……."
　거침없는 장춘달의 언사에 조량이 어색한 미소를 띠었다.
　하지만 오히려 그런 모습에 더욱 호감이 생겨났다.
　청죽대의 무인들도 장춘달을 대함에 있어서는 조량과 마
찬가지였다.
　창천일검이라 불리는 남궁한조차도 어쩌지 못한 대력혈부
모삼충을 어린애 다루듯이 하며 두들겨 패고 흑룡선을 한 방
에 꿰뚫어 침몰시켜 버린 그의 일권은 이제껏 어느 곳에서도
본 적이 없는 극강함을 가지고 있었다.
　소림의 백보신권보다 무거웠고 하북의 팽가권보다 호쾌했
다.
　더구나 자신들과는 하늘과 땅 차이인 무력을 가지고 있음
에도 아무렇게나 걸터앉아 식사를 하고 상단의 의원인 만생
노인과 드잡이를 할 때면 너무나 소탈하게만 보였다. 때로는
어딘가 조금 모자라 보이게 행동하는 장춘달의 모습은 호감
을 더했다.
　특히나 보통 그 정도 무위를 지닌 이들의 대다수가 은연중
에 자신보다 실력이 낮은 무인들을 무시하게 마련인데 장춘

달에게는 그런 점이 없었다. 비록 시정잡배들처럼 막말을 하기는 했으나 왠지 장춘달에게는 잘 어울려 보였다.

원래가 여인이든 남자든 눈에 한번 콩깍지가 씌면 벽에 똥칠을 해도 멋있어 보이는 법이 아니겠는가?

장춘달을 존경스러운 눈빛으로 바라보던 조량은 시선이 마주치자 얼굴을 붉히며 고개를 돌리고 수하들을 향해 외쳤다.

"서둘러라! 최대한 빠르게 맹으로 돌아간다!

장춘달이 고개를 갸웃거리는 사이 모른 척 시치미를 뗀 조량은 말채찍을 두들기며 일행의 발걸음을 재촉했다.

그렇게 빗속을 뚫고 한참 만에 성문을 통과한 그들은 정주의 관도를 따라 개봉(開封)으로 이어지는 길목에 지어진 거대한 성벽에 도착했다.

"멈춰라!"

성벽 위에 있던 눈이 부리부리한 무인 상현이 큰 소리로 외치며 행렬을 세웠다. 맑은 날이라면 모르겠으나 우의를 걸치고 있는 터라 상대가 누군지 알지 못했기 때문이다.

"청죽대 부대주 조량이다. 맹주님의 명령으로 사천 금섬상단을 모셔오는 길이다!"

조량이 우의를 벗어내며 품에서 흑옥으로 만들어진 패를 꺼내 들었다.

"아, 부대주셨군요. 어서 오십시오. 안 그래도 군사께서 도착하시면 속히 연통을 달라 하셨습니다.”

“알겠네. 비가 많이 내리니 서둘러 문을 열어주게. 손님들이 빗길에 고생이 많으시네.”

“알겠습니다.”

상천이 성벽 안쪽으로 사라지고 나서 잠시 후 거대한 나무문이 굉음과 함께 진흙을 쓸어내며 열리기 시작했다.

그그긍!

성문이 열리자 허겁지겁 뛰어내려 온 상현이 부대주 조량을 향해 포권을 하며 말고삐를 잡았다.

“말과 마차는 저희가 맡겠습니다.”

“아닐세. 마차 안에 위급한 환자가 있어 손님들을 모셔다드리고 바로 의약당으로 가야 하네.”

“예? 환자라구요? 상단의 인물 중 누가?”

“상단의 인물이 아니라… 대주께서 다치셨네.”

“예에?”

조량의 말에 상천이 깜짝 놀라며 마차를 쳐다보았다.

“무슨 일이 있으셨습니까?”

“후에 말해줌세. 일단은 손님들부터 모셔야겠네.”

“아, 알겠습니다. 서둘러 들어가시지요.”

“고맙네. 수고하게.”

청죽대 무인들과 금섬상단 일행이 성문을 통과해 멀어지는 모습을 보고 있던 상천이 고개를 갸웃거렸다.

"무슨 일이 있었던 거지? 창천일검께서 마차에 타고 와야
할 상처라니……."

2

"어서 오십시오. 고생 많으셨습니다, 비은 어른."

정도무림맹 군사 연위강이 비가 쏟아지는데 우의도 걸치
지 않고 뛰어나왔다.

"음… 오랜만이군, 연 군사."

"예. 안 그래도 오신다는 연통을 받고 한참을 기다리고 있
었습니다."

"……."

금세 옷이 흠뻑 젖었고 발은 흙투성이가 되었지만 연위강
은 신경조차 쓰지 않고 있었다.

"저것입니까?"

연위강의 시선이 철후가 들고 있는 작은 함에 고정되었다.

"……."

비은은 대답 대신 굳은 인상으로 침묵했지만 연위강은 그
것이 긍정임을 잘 알고 있었다.

"오오, 이것이… 정녕……."

감탄사와도 같은 신음성을 내며 연위강이 함에 손을 가져
갔다. 순간 그의 눈에 떠오른 것은 탐욕이었다. 탐욕으로 가

득 차 새파랗게 빛나고 있었다.

무림의 판세를 바꾸어놓을지도 모르는 물건.

한순간에 손에 넣은 자를 절대자로 만들어줄지도 모를 물건이다.

"자네가 탐낼 물건이 아니네."

비은이 무거운 어조로 연위강을 질책했다.

잠시나마 정신이 팔렸던 연위강은 퍼뜩 정신을 차리고 죄송스러운 표정을 지었다.

"아, 죄송합니다. 제가 잠시… 욕심에…….''

연위강은 머쓱해져서 얼굴이 벌겋게 달아올랐다.

비은은 그런 연위강을 보며 씁쓸한 미소를 지었다.

'어쩌면… 연 군사와 같은 모습이 더욱 진실된 것인지도 모르지. 하긴, 나라도 탐이 날 만한 물건이니…….'

어쩌면 천무제가 남긴 서신의 행방을 알려줄 단서가 될지도 모르는 옷 조각과 그것에 남겨진 글귀.

그 내용이 무엇인지는 알지 못하지만 분명 천무제의 서신을 가지고 있었던 매혁린이 누군가에게 남긴 것이 분명하리라.

"들어가시지요. 맹주께서 별채에서 기다리고 계십니다."

"별채에?"

"예."

"……?"

맹주전이 아니라 어째서 별채에서 기다린단 말인가?

비은은 의문이 생겼지만 별다른 말 없이 연위강의 안내를 따라 전각 안으로 들어갔다.

비은이 안내되어 간 곳은 정도무림맹을 대표하는 칠층 전각과는 별개로 지어진 곳이었다. 작은 연무장과 소박하게 지어진 정원이 있었고, 외곽은 태양혈이 불끈한 무인들이 한시도 경계를 늦추지 않고 호위하고 있었다.

비은이 개방의 정보개들과 함께 다가가자 호위하던 무인들이 매서운 기세를 드러내며 막아섰다.

"멈추시지요."

연위강이 함께였지만 호위들은 마치 모르는 사람 대하듯이 경계를 풀지 않았다.

"맹주께서 직접 기른 이들이지요. 맹주님의 지시 외에는 어떤 것도 따르지 않죠."

평소 호위무사들을 좋아하지 않았던 연위강이 떨떠름한 표정을 지었다.

"비은이십니까?"

눈썹이 날렵하게 뻗어 올라가 인상이 무척이나 차가워 보이는 무인이 비은을 향해 물었다.

"그렇다네."

"호위대장 철렵입니다. 맹주께서 기다리십니다."

철렵이 옆으로 비켜나며 안내하자 비은이 철후로부터 함

을 받아 들고 안으로 걸음을 옮겼다.

철후와 개방의 걸개들이 아무 생각 없이 그 뒤를 따르려 하자 호위대의 무사들이 그 앞을 막아섰다.

"여기서 기다리시지요. 맹주께서 비은 어른 이외에는 아무도 들이지 말라 하셨습니다."

"뭐라고?"

철후가 인상을 찡그렸다.

개방의 정보개들은 타문파의 일대제자들이 가진 지위와 같았고, 개방에서도 삼결 이상의 신분을 가지고 있었다. 아무리 맹주의 호위라고는 하나 자신들을 향해 기세를 뿜어대는 모습에 기분이 나빠진 것이다.

"비켜라! 사부님을 따라가겠다."

차앙!

철후가 눈을 부라리며 들어서려 하자 호위들이 검을 뽑아 겨누며 막아섰다.

"물러나시오. 더 이상 걸음을 옮기면 신상에 이롭지 않으실 겁니다."

"……."

검극이 곧추세워지자 철후의 얼굴이 일그러졌다.

"이놈들이… 감히!"

철후가 당장에라도 후려치려 움켜쥔 주먹에 공력을 집중하는데 비은이 걸음을 멈추고 나지막하게 말했다.

“게 있거라.”

“사부님!”

“괜찮다. 맹주의 별채이지 않느냐. 괜한 소란 일으키지 말
거라.”

“…….”

말을 마친 비은이 철렵과 함께 별채 안으로 사라졌다.

철후는 어금니를 갈며 호위무사들을 노려보다 주먹에 들
어갔던 공력을 풀고 한 걸음 물러섰다.

철렵을 따라 별채로 들어간 비은은 정자에 앉아 한가롭게
차를 마시는 맹주 진노백을 볼 수 있었다.

철렵이 인기척을 내자 진노백이 환한 미소를 지으며 자리
에서 일어났다.

“어서 오시오, 비은.”

“맹주를 뵙습니다.”

비은이 공손하게 고개 숙여 인사를 했다.

“너는 물러가 있거라.”

“예, 맹주.”

진노백은 철렵을 물리고 비은을 정자 위로 불렀다.

“허허, 지난가을 녘에 보고 처음이니 일 년이 다 되어가는
군. 오랜만일세.”

“그렇습니다.”

반가운 기색의 진노백과는 달리 비은의 표정은 어딘가 어색해 보였다.

“허, 이 사람, 자네는 내가 반갑지 않은 모양일세?”

“예?”

“그리 뚱한 표정을 짓고 있으니 웃고 있는 내가 무안하지 않은가?”

“아, 아닙니다. 잠시 피곤했나 봅니다.”

“하긴 그럴 테지. 십수 년 동안 흔적조차 알지 못했던 물건의 행방을 알려줄 단서를 찾았으니 피곤할 만도 하지.”

진노백이 당연하다는 듯이 고개를 끄덕이고는 비은이 들고 온 작은 함에 시선을 주었다.

“그것인가?”

함을 바라보는 그의 눈에는 어떠한 사심도 들어 있지 않았다.

“그렇습니다.”

“그렇구만. 그 물건에 대한 단서는 알아내었는가?”

“아닙니다. 워낙 오래된 것이라 옷자락에 남겨진 글의 내용이 무엇인지를 알자면 시일이 좀 더 걸릴 것 같습니다.”

“그렇구만. 어쨌든 큰일 했네. 자네의 이 일이 무림의 존속과 평화에 큰 도움이 될 걸세.”

“…….”

진노백은 차를 마시며 차분하게 말을 이었다.

천무제가 남긴 서신의 행방을 알려줄 단서가 될지도 모르
는 함이지만 진노백은 아무런 관심도 없어 보였다. 처음에만
잠시 눈길을 주었을 뿐 그의 시선은 찻잔을 향해 있었다.

"맹주."

아무런 말도 없던 비은이 나지막하게 불렀다.

"말씀하시게."

"천무제의 서신, 어쩌면 이 물건이 그것의 행방을 알려줄
지도 모르겠습니다."

"그렇겠지."

"만약 이 물건으로 인해 그것을 발견하면 어찌하실 생각입
니까?"

"……."

진노백이 마시던 차를 멈추고 비은을 바라보았다.

"어찌 그리 묻는가?"

마치 자신을 질책하는 듯이 묻는 비은의 말에 기분이 상했
는지 진노백의 음성이 조금 무거워졌다. 하지만 비은은 그의
눈을 피하지 않았다.

"위험한 물건입니다. 혹여 아무런 내용이 없을 수도 있습
니다. 단지 아무런 의미 없는 글귀일 수도 있습니다. 하나 만
약 이 안에 천무제가 남긴 서신에 대한 내용이 있다면… 저는
옳은 일인지 모르겠습니다."

"허, 이 사람, 지금 나를 의심이라도 하는 겐가?"

“그런 말이 아니라…….”

“됐네. 그리 생각할 만도 하지. 하나 잘 듣게. 자네 말처럼 천무제의 서신은 다시 세상에 나와서는 안 될 위험한 물건이 분명하네. 또 다른 혼란을 불러일으킬 수도 있는 물건인 게지.”

진노백의 음성이 무거워졌다.

“그렇기에 찾으려는 것이네.”

“예? 그게 무슨……?”

“장강혈사 이후 오십 년… 강호는 이제야 다시 예전의 성세를 회복하고 있네. 하지만 모두가 비약적으로 힘을 길러왔네. 말하자면 포화상태가 된 것이지. 신강의 마도, 서남의 사사련은 전에 없이 강대한 힘을 길렀네. 물론 그것은 맹도 마찬가지네. 하나 아직 진정한 평화라고는 할 수 없음을 잘 알고 있으리라 생각하네. 작은 불씨라도 던져지면 강호는 물론이거니와 중원에 또다시 환란이 일어날 게야.”

“…….”

맞는 말이었다.

비은은 개방의 여느 걸개와는 달랐다.

개방이 심혈을 기울여 길러온 밀자들 중 최고의 위치에 있는 것이 바로 그였다. 중원의 어느 누구보다 세상 소식에 빨랐고, 강호의 모든 세력이 가진 비밀을 알고 있었다.

맹주가 말한 것처럼 지금의 강호는 화약고와 다름없었다.

거대한 세 개의 세력이 힘겨루기를 하며 팽팽하게 영역을 지키고 있었다. 하지만 그들의 힘이 너무나 비등했기에 쉽사리 타 세력의 영역을 침범치 못한 것이다.

사사련과 마도의 싸움이 생기면 득을 보는 것은 정도무림맹일 것이고, 마도와 정도무림맹이 싸우면 사사련이 득을 볼 것은 자명했다.

세 개의 세력은 먹고 먹히는 관계에 놓여 있었다.

그런 이유로 무림은 너무도 평온했다. 폭풍 전의 고요함이 지속되어 온 것이다.

"오늘 나는 상인들을 만나고자 하네."

"상인을?"

비은이 고개를 들어 진노백을 쳐다보았다.

뜬금없는 말이지 않는가?

"그렇다네. 그들의 금력을 빌리고자 함이네."

진노백은 내키지 않는 표정을 하며 말을 이어갔다.

"마도는 또다시 새로운 힘을 기르고 있어. 사사련 또한 마찬가지지. 불법으로 벌어들인 수익으로 좀 더 좋은 무구를 사들이고 좀 더 질 높은 무인들을 길러내고 있네. 그것이 무엇을 의미하는가는 자네가 더 잘 알고 있을 것이라 생각하네."

비은은 무의식적으로 고개를 주억거렸다.

"그들 모두가 일패강호를 노리고 있는 것이지. 천하의 주인이 되고자 하는 마음일 게야. 만약 정도무림맹이 조금이라도 허점을 보인다면 어찌 되겠는가? 정도무림맹은 추와 같네. 둘의 싸움에 중재자인 것이네. 그들이 아무리 강해진다 해도 둘이 아닌 셋이기에 함부로 환란을 일으키지 못하는 것이지. 그 때문에 나는 어쩔 수 없이 상인들에게 고개를 숙이려는 것이네."

"……."

"자네가 가져온 그것 또한 마찬가지이네."

비은은 맹주의 말이 이해가 되지 않았다.

"모두가 상인들의 금력을 얻고자 하네. 천무제의 서신 또한 마찬가지지. 상인들의 금력보다 더욱 갈망할 것이네. 그 물건이 위험하면 위험할수록, 드러나지 않으면 드러나지 않을수록 더욱 갈망할 것이네. 나 역시 자네의 말처럼 그것이 위험한 것임을 아네. 또한 누구도 가져서는 안 될 것이지만 누구나 원하는 것임을 알고 있네."

진노백이 다소 격앙되었던 음성을 낮추며 비은을 쳐다보았다.

"그래서 우리가 찾아내어야 하네. 다른 어떤 세력보다 빠르게 찾아야만 하는 것이네."

"그건……."

비은은 대답할 말을 찾지 못했다.

"다른 세력이 그 물건을 가지게 되면……."

"……."

　비은은 맹주가 하고 싶은 말이 짐작되었다.

　만약 사사련이나 마도에서 천무제의 서신을 가지게 된다면 정도무림맹은 더 이상 존재하지 않게 될 것이 분명했다. 무릎을 꿇고 머리를 조아려도 생존이 불확실해지는 것이다.

　비은의 표정이 굳어가자 진노백이 부드러운 음성으로 말을 이었다.

　"이보게, 비은. 자네가 찾아야만 하네. 찾아서 직접 없애버려야 하네. 아무도 가지지 못하도록."

　진노백의 눈은 열망으로 불타고 있었다.

　탐욕에 대한 욕망이 아닌 진정으로 무림의 미래를 걱정하는 그런 눈빛이었다.

　"비은, 어쩌면 그들도 계속해서 찾고 있을지도 모르네."

　"그렇겠지요."

　"그래서 더욱 빨리 찾아야만 하는 것이네. 찾아서 파기해야 하네."

　"파기요?"

　"그래. 세상에 존재하게 해서는 안 되지. 아무도 얻지 못하도록… 무림에 더 이상 혼란을 주지 않게 하기 위해서라도 반드시 우리가 먼저 찾아서 파기해야 할 것이네. 만약 다른 누가 가진다면 무림은 풍전등화에 놓이게 될 것이네. 마도나 사사련이 가지게 되면 오랫동안 지켜왔던 평화는 사라질 게야. 그만한 힘을 얻은 세력이 그냥 있을 리 없지."

“…….”

진노백의 눈이 비은을 쳐다보았다.

맑고 깨끗한 눈동자 속에 알 수 없는 열망이 가득했다.

사실일지도 모른다.

진노백의 눈이 보인 열망은 탐욕이 아니었다. 명리를 초월한 이들에게서 보이는 순수한 열망이었다. 그의 말대로라면 무림의 평화를 위한 마음이 드러난 것인지도 모른다는 생각이 들었다. 만약 조금이라도 욕심을 내고 있다면 비은이 눈치채지 못할 리가 없었다.

하지만 어째서 가슴 한구석에 의문이 남는 것인지 비은은 머릿속이 복잡하기만 했다.

“비은, 자네가 해야 할 일이네. 만약 내가 조금이라도 욕심을 내었다면 직접 했을 것이야. 나는 자네를 믿네. 자네라면 내 뜻에 따라줄 것이라 생각해. 어떠한 상황에서라도 치우침 없이 정도를 따를 것이라고 말이야.”

“맹주…….”

복잡한 심경을 드러내듯이 비은의 표정이 수십 번이나 바뀌었다.

“맹주, 철렵입니다.”

한동안 말없이 서로를 쳐다보던 비은과 진노백 사이를 철렵의 목소리가 끼어들었다.

“뭔가?”

“손님들이 모두 모여 기다리고 있다고 연통이 왔습니다.”

“그래? 알았네. 가지.”

진노백이 고개를 끄덕이고는 자리에서 일어났다.

옷매무새를 고친 그가 비은을 향해 환한 웃음을 지어 보였다.

“고생하였을 텐데 오늘은 그만 쉬도록 하시게. 군사에게 일러 작은 연회를 준비하였네. 그리 좋은 음식이 아니니 부담 갖지 말고…….”

“그럴 필요까지는…….”

괜한 의심을 한 것이 아닌가 하여 미안한 표정을 지은 비은이 진노백을 따라 일어났다.

“철렵, 비은과 그의 수하들을 청화당으로 모시게.”

“알겠습니다.”

진노백은 비은을 두고 휘적거리며 접객당으로 걸음을 옮겼다.

‘후우, 그의 말이 진심이기를… 내가 옳은 일을 하고 있기를… 나의 행동으로 무림에 또 다른 환란이 일어나지 않기를…….’

비은은 진노백을 바라보던 시선을 하늘로 돌렸다.

먹구름이 끼어 비를 쏟아내는 하늘은 비은의 심경처럼 복잡하기만 했다.

　　　　　*　　　　*　　　　*

　비은이 철렵을 따라 청화당으로 향하던 그 시각.

　정도무림맹 접객당에는 눈처럼 하얀 백의 장삼을 입은 노인 하나와 후덕한 인상의 중년인, 그리고 날카로운 눈매를 가진 서른 중반의 사내가 탁자를 사이에 두고 앉아 있었다.

　“오랜만이군. 자네는 여전하구만그래.”

　백의 장삼을 입은 노인이 사람 좋은 웃음을 흘리며 말을 건네었다.

　“예. 오랜만입니다, 어르신.”

　뚱뚱한 사내가 입꼬리를 말아 올리며 답했다.

　그는 조금 전 정도무림맹에 도착한 금섬상단주 유금척이었다.

　“건강은 괜찮으신 겁니까?”

　“당연하지. 아직 쌩쌩하네. 자네들에게 뒤질 수야 있겠는가?”

　노인이 자신의 건재함을 보여주듯이 팔소매까지 걷어 보이는 모습에 유금척이 환하게 웃었다.

　“흥, 좋은 걸 매일 처먹는데 건강하지 않을 리가 있나? 아마 저 영감은 백 살이 아니라 이백 살까지도 너끈할걸?”

　날카로운 인상의 사내가 빈정거리듯이 말했다.

　“뭐야! 이놈?”

“왜들 이러십니까? 간만에 만나서.”

사내의 말에 노인이 발끈하며 노려보자 유금척이 중재를 하듯 일어나 둘을 만류했다.

백의 장삼에 머리가 허옇게 센 노인은 연조평으로 연가전장의 주인이었다. 중원에 유통되는 돈 중에 그의 전장을 거치지 않은 것은 돈이 아니라는 말이 나돌 정도로 많은 돈을 융통시키는 자였다.

“저 영감 오는 줄 알았으면 안 오는 것인데⋯ 제길.”

“저놈의 자식이!”

연조평의 말 한마디마다 반박하며 투덜거리는 사내의 이름은 자소천이었다. 그는 상단이나 전장을 운영하고 있지는 않았다. 하지만 중원에서 이름난 객점과 기루의 대부분이 자소천의 것이라 해도 과언이 아니었다.

금섬상단의 유금척, 연가전장의 연조평, 그리고 자소천.

사람들은 이들을 일컬어 중원삼대거부라고 불렀고, 실재로 이들이 중원 상권의 대부분을 주무르고 있다 해도 과언이 아니었다.

“그만들 하십시오. 어째 만나기만 하면 이리 다투시는 겝니까?”

“아니, 지금 자네마저 저 돼먹지 못한 놈 편을 드는 겐가?”

“누가 할 소리요! 늙었으면 손자들 재롱이나 볼 일이지.”

“뭐야, 이놈! 네 아비조차 내게 고개를 들지 못하거늘!”

"흥! 그건 아버님 때의 이야기고!"

유금척이 말리는데도 연조평과 자소천이 아옹다옹하는 사이 접객당의 밖에서 인기척이 들렸다.

"맹주님께서 오셨습니다."

서로를 잡아먹을 듯이 씩씩거리던 연조평과 자소천이 잠시 후를 기약하듯이 휙하니 고개를 돌리고 일어나 옷매무새를 단정하게 살폈다.

접객당의 문이 열리고 진노백이 군사 연위강의 안내를 받아 들어왔다.

"아이구, 이런 귀한 분들을 모셔놓고 실례가 많습니다."

얼굴 가득 웃음을 지은 진노백이 탁자에 자리를 잡고 앉았다.

"자, 앉읍시다. 군사, 가서 다과라도 내어오시게. 귀한 분들을 모셔두고 대접이 소홀해서야 쓰나."

"예, 맹주."

진노백이 앉자 유금척이 자리에 앉으며 묘한 눈빛으로 그를 쳐다보았다.

유금척은 진노백, 아니, 정도무림맹주라는 자에 대해서 잘 알고 있었다. 그가 처음 맹주가 되던 해부터 지금까지 몇 번 되지는 않지만 가까이서 본 적이 있었고 그에 대해 수많은 조사를 해두어 성격, 출신 내력, 가족 관계와 같은 것은 모르는 것이 없었다. 그것은 함께 자리한 연조평이나 자소천도 마찬가지일 것이다.

중원에서 거대 장사꾼, 전장, 객점주로 살자면 정도무림맹의 주인에 대해서 파악하는 것은 기본 중의 기본이니까.

한데 유금척이 알기로 진노백은 자존심이 극도로 강한 사람이었다. 또한 무인이라는 자존심에 상인 알기를 우습게 아는 사람이었다.

한데 그가 원탁을 사이에 두고 함께 자리를 했다는 것은 상당히 이례적인 일이었다. 원탁이라는 것이 원래 동등한 입장에 있거나 허물없이 지내는 사이라는 느낌을 주기 때문이었다.

분명 몇 년 전 상인 회합을 주관하며 태사의에 앉아 눈을 내리깔아 보던 진노백의 모습과는 판이하게 달랐다.

"연 장주님과 자 단주와는 함께할 기회가 많았으나 유 단주와는 오랜만이지요?"

진노백이 미소 지으며 유금척을 쳐다보았다.

"예, 한 삼 년 만에 뵙는 것 같습니다."

"허허, 세속에서 금불로 불리실 정도로 이름이 드높은 분을 자주 뵙지 못했군요."

"별말씀을요. 도리어 제가 자주 찾아뵈어야 하는데… 송구합니다."

"아닙니다, 아니에요. 도리어 제가 실례가 많지요. 일전에는 수해 복구에 힘쓰셔서 황상으로부터 귀한 벼루를 선물로

받으셨다던데. 과연 금불이십니다. 허허.”

“의도를 가진 일은 아니었습니다. 황상께서 과례를 보이신 게지요.”

“원, 겸양도 지나치면 도리어 흠이 되는 법입니다. 내 사람들이 유 단주의 선정을 칭송해 금불이라 부르는 것을 심심치 않게 듣고 있지요. 무에 심취하여 속세와 인연을 두지 않은 저희와 비견이 될 수 없으리만큼 장한 일을 하셨으니 당연히 추앙받아 마땅하지요.”

“…….”

진노백이 거듭 유금척을 치켜세웠다.

“하긴, 뚱땡이 놈이야 칭찬받을 만하지. 당장 나만 해도 힘든 일인데… 지난 수해 때 황금만 일천 관을 내놓았다지?”

연조평이 진노백의 말에 동조하며 유금척에게 물었다.

“예. 뭐, 그리되었습니다.”

“역시… 아비에게 잘 배웠어. 학천이 그 친구도 생전에 좋은 일을 많이 했지.”

연조평은 유금척의 아비인 유학천과 오랫동안 함께해 온 벗이었다.

“그에 비해… 제 아비가 얻은 명성을 다 깎아먹는 놈도 있으니… 쯧쯧.”

연조평이 혀를 차며 자소천을 슬쩍 쳐다보자 연위강이 가져온 다과 하나를 입에 집어넣던 자소천의 표정이 와락 일그러졌다.

하지만 차마 진노백이 있는 자리라 함부로 화를 내지 못하고 샐쭉해진 눈으로 연조평을 노려보았다.

"허허, 연 장주께서는 또 자 단주에게 농을 치십니까? 그만하십시오."

평소 둘 사이의 관계를 잘 알고 있는 진노백이 웃음으로 분위기를 무마했다.

"그나저나 어쩐 일이십니까? 모처럼 저희 셋을 다 부르시고."

연조평이 찻잔을 들고 진노백을 향해 물었다.

"허, 뭐가 그리 급하십니까? 제가 무슨 다른 뜻이 있어서 모신 것처럼 말씀을 하시다니요. 설마하니 제가 세 분을 잡아먹으려 불렀겠습니까?"

"잡아먹어요? 허, 헛헛헛! 맹주께서 농이 많이 느셨습니다?"

"아무렴요. 연 장주와 자 단주의 싸움을 말리려면 농을 칠 줄 알아야지요. 그리고 자고로 분위기가 즐거워야 술이라도 한잔 얻어먹는 법이 아니겠습니까?"

진노백이 눈을 찡긋거리자 연조평이 크게 웃음을 터뜨렸다.

"옳은 말씀입니다. 맞는 말이지요. 헛헛."

기분이 좋아진 그들에게서 찻잔이 나가고 술과 안주가 들어와 서너 잔씩 오갈 때까지 웃음은 떠나지 않았다. 하지만 정작 대화의 화자인 진노백은 자신이 하고 싶은 말을 아직 한 마디도 하지 않고 있었다.

"분위기도 무르익었으니 이제 말해보시죠. 왜 부른 겁니까?"

자소천이 살짝 붉어진 얼굴로 진노백을 쳐다보았다.

"어? 허, 이 사람 소천, 그게 무슨 말인가?"

술이 오른 진노백이 친근한 표현을 쓰며 웃었다.

"맹주, 저도 그렇지만 유 단주, 연씨 영감 모두가 장사꾼입니다. 눈치가 없다면 돈을 벌 수가 없지요."

"……."

피식 웃는 자소천의 모습에 진노백이 잠시 말을 멈추고 연조평과 유금척을 쳐다보았다.

"허허, 자 단주가 이리 분위기를 만들어주니 내 말을 하지 않을 수가 없구만."

진노백이 얼굴에 떠오른 웃음을 지우고 짐짓 진지해진 표정으로 깍지 낀 손을 탁자 위에 올렸다.

"소천이 잘 말해주었소. 세 분 모두 상인이지요. 또한 무림과 밀접한 관계를 가지고 있습니다. 떨어질 수 없는 관계지요. 내 알기로는 사사련과 마교와도 구분없이 왕래가 있음을 알고 있습니다."

진노백의 말에 세 사람의 얼굴이 살짝 굳었다.

당연한 말이 아닌가?

그들은 상인이었다.

하지만 무림의 문파처럼 영역을 가지고 사는 것이 아니라 중원이 그들의 영역이었다. 그러니 자신들의 상행을 보장받기 위해서는 어느 한곳의 세력에 치중할 수는 없었다.

무인들에게는 힘, 즉 무공의 고하가 그들의 삶을 윤택하게 만들고 세력을 공고히 하는 것이라면 상인들에게는 팔 물건과 살 사람이 전부였다. 그것은 전장이든 객점이든 마찬가지였다. 중원 전역에 적을 두고 있는 상인들에게 한 곳을 도우라는 것은 어불성설이었다.

그 점을 진노백이 모르지 않을 터인데 어찌 들고 나온단 말인가?

"맹주, 무슨 뜻으로 하시는 말씀입니까?"

눈살을 찌푸린 유금척이 담담한 어조로 물었다.

"맞습니다. 맹주께서 말씀하신 저의를 모르겠군요."

연조평이 유금척의 말을 거들었고, 자소천이 고개를 주억거렸다.

"별 뜻이야 있겠습니까? 그저……."

세 사람의 반응을 예상했다는 듯 입가에 빙긋이 미소를 띤 진노백이 고개를 돌렸다.

"앞으로는 저희 쪽으로 몰아주시면 좋겠습니다."

"예?"

"……!"

"그게 무슨?"

연조평과 자소천이 깜짝 놀라며 자리에서 벌떡 일어났고, 유금척이 눈을 동그랗게 뜨고 진노백을 쳐다보았다. 그의 담담한 눈빛과 변화 없는 표정에는 진심이 묻어나고 있었다.

"놀라시는 게 당연합니다. 하나 여러분의 금력이 마도와 사사련으로 흘러들어 가 그들의 힘을 키워주그 있음은 스스로가 더 잘 알고 있으리라 생각합니다. 무공을 강하게 하기 위해서라면 수십 명의 동남동녀를 죽여 채혈하고 채음보양에 시기(屍氣)를 축적하는 것까지 서슴지 않는 마도나 도적들과 수적들의 무리가 가득한 사사련이 득세를 하게 되면 무림에 어떠한 일이 일어날까요. 그나마 정도무림맹이 그 중추에서 그들을 제어하고 있기 때문에 평화가 유지되고 있는 것이지요. 저는 단지 그 추에 여러분의 힘이 모아지길 바라는 것뿐입니다."

"……."

다소 격앙된 진노백의 말에 세 사람 중 누구도 대답을 하지 않았다.

긴 침묵이 이어지고 한참의 시간이 지나서야 유금척이 맨 처음 입을 열었다.

"맹주님의 말씀… 알겠습니다. 하나……."

연조평, 자소천뿐 아니라 진노백의 시선까지 유금척에게

집중되었다.

"저희는 상인입니다. 정도무림맹이 강호의 추임은 같은 마음으로 인정을 하는 바입니다. 하나 그렇다 해도 저희 입장에서는 세 곳 세력 모두와 관계를 유지할 수밖에 없습니다."

"그, 금불!"

"유 단주님!"

연조평과 자소천이 깜짝 놀라며 유금척을 만류하고 진노백의 눈치를 살폈다. 아무리 친분이 두텁다 해도 그들은 상인이고 진노백은 강호의 무인이었다. 더욱이 정도무림맹주다. 그런 진노백에게 정도무림맹을 사사련이나 마도와 같이 취급하는 말은 너무도 위험한 발언이었기 때문이다. 하지만 진노백은 눈썹을 살짝 찡그릴 뿐이었다.

"괜찮습니다. 맞는 말이지요. 계속하십시오."

"이해해 주시니 감사합니다."

연조평과 자소천은 진노백이 화를 억눌러 참는 것으로 보여 안절부절못했지만 유금척은 아무렇지도 않게 말을 이어갔다.

"맹주님께서 무림의 평화를 지키기 위해 저희들의 금력을 필요로 하신다는 것은 알겠습니다. 맹주님이 금력이 필요하시듯 저희는 무력이 필요합니다. 하면 저희가 맹주님을 믿고 뜻을 맡기기 위한 힘을 가지고 계신지요? 저는 정도무림맹이 세 곳 중 가장 전력이 약하다고 알고 있습니다만……."

“…….”

유금척의 말에 그를 바라보고 있던 연조평과 자소천이 마른침을 삼키며 진노백 쪽으로 시선을 돌렸다. 진노백의 말에 대답을 하지는 못했지만 연조평과 자소천 또한 유금척과 똑같은 생각을 하고 있었기 때문이다.

말은 괜찮다고 했지만 진노백이 딱딱하게 굳은 얼굴에 가늘어진 눈으로 유금척을 노려보자 내실 안의 분위기가 싸늘해지며 팽팽한 긴장감이 흘렀다.

기세를 일으키지 않았다고는 해도 당대의 최고수 중 하나인 자신의 눈을 피하지 않고 바라보는 유금척의 강단있는 모습에 진노백의 눈에 이채가 어렸다가 사라졌다.

“허허, 금불께서 이 진노백을 믿지 못하시는군요.”

진노백이 너털웃음을 터뜨리며 시선을 돌리자 방 안을 가득 채웠던 긴장감이 거짓말처럼 사라졌다.

“후아!”

“푸하!”

긴장감에 숨까지 참고 식은땀을 흘리던 연조평과 자소천이 긴 한숨을 내쉬었다.

“깜짝 놀랐습니다, 맹주.”

“그러게 말입니다.”

“이거, 죄송합니다. 저도 사람이다 보니… 사사련이나 마도와 비교 대상이 되니 기분이…….”

진노백이 멋쩍게 웃으며 뒷머리를 긁적거렸다.

“죄송합니다, 맹주. 악의가 있어 드린 말씀은 아닙니다.”

유금척이 공손하게 고개를 숙이며 말했다.

“아닙니다. 금불께서 가지신 물음은 아마도 연 장주님이나 자 단주 또한 가진 것이리라 생각합니다. 아니 그렇습니까?”

“그야……”

“뭐……”

진노백이 돌아보자 연조평과 자소천이 어색하게 웃으며 시선을 피했다.

“세력이 가장 약하다……. 부인할 수 없는 사실입니다.”

진노백이 쓴웃음을 흘리며 고개를 주억거렸다.

“하나!”

짧게 말을 끊어낸 진노백이 유금척을 비롯한 연조평, 자소천을 하나하나 쳐다보았다. 그의 눈에서는 열망을 넘어선 확신 어린 무언가가 느껴졌다.

“정도무림맹 이하 세력들의 일대제자 수백이 맹에 도착했습니다. 그들은 각파의 모든 장점을 살려 최강의 무공을 배우게 될 겁니다. 마도나 사사련에 뒤지지 않는… 이제까지 어느 누구도 생각하지 못한 절대적인 힘을 가지게 될 것입니다.”

“그래 봐야 또 하나의 무인대가 아닙니까?”

유금척이 고개를 내저었다.

“아니요. 다를 것입니다. 이제껏 누구도 생각하지 못한 무인대가 될 테니까. 곧 강해질 것입니다. 그리고… 한 가지 조건만 충족되면 강호의 무인들은 정도무림맹에 무릎을 꿇게 될 겁니다. 그때가 되면 사사련도 마도도 더 이상 강호에 존재하지 못할 겁니다."

단지 열망, 열의 같은 것이라고 하기에는 진노백의 얼굴은 너무도 자신만만했고 목소리는 확신에 차 있었다.

"지금 당장 선택하라 하지 않겠습니다. 천천히 생각해 보고 결정해도 됩니다. 하나… 그것이 너무 늦지 않았으면 좋겠군요."

"……."

어째서 그가… 무엇 때문에 그런 확신을 가지는지 알지 못했지만 그의 말에는 진심이 담겨 있었다.

'음… 전력이야… 뻔한 것인데… 도대체 무엇 때문에 저런 확신을……. 음, 뭔가 있음이 분명한데…….'

유금척은 미간을 찌푸리며 진노백을 쳐다보았다.

말도 안 되는 제안일 수밖에 없었다.

정도무림맹주가 어째서 그러한 조건을 내거는지는 몰랐지만 한 가지 확실한 것은 그의 가슴을 부풀게 한 무언가가 있음이 분명했다.

第二章
개새끼가 한 마리 있었거든

중원상왕

　"맹은… 정말 크군요."

　고개를 한 번도 떨어뜨리지 않고 높다랗게 지어진 전각들을 바라보던 윤자기가 감탄사를 쏟아내었다.

　유금척이 정도맹주와 만나러 간 뒤 만생 노인은 별 볼 것 없다며 배정된 숙소에서 잠을 청했고, 장춘달은 쉬고 싶었지만 능소화가 계속해서 졸라대는 통에 윤자기와 함께 정도무림맹의 전각들을 구경하러 나온 것이다.

　장춘달이 나오자 밖을 지키며 시중을 들고 있던 청죽대 부대주 조량이 안내를 자처하고 나섰다.

　호위라는 명목이었지만 실제로는 장춘달과 친분을 만들어

두고 싶은 마음이었던 것이다.

"네, 크지요. 정도무림맹이니까요."

조량이 자랑스럽게 가슴을 펴며 대답했다.

"하긴……."

남창에서 도모꾼으로 살아온 윤자기나 산에서 기어나와 뱀장수나 하던 장춘달이 정도무림맹과 같은 거대한 건물을 본 적이 없으니 입은 다물어질 줄 몰랐다.

"파리 들어가겠네. 입 닫아요."

주위를 지나던 이들이 휘둥그래진 눈으로 이곳저곳을 쳐다보는 장춘달과 윤자기를 힐끔거리며 손가락질하자 능소화가 부끄러웠던지 얼굴을 발갛게 물들였다.

"왜? 구경 가자 조를 때는 언제고."

"그야……."

장춘달이 면박을 주자 능소화가 대답을 하려다가 샐쭉해진 표정으로 고개를 돌려 버렸다.

사실 그녀에게 정도무림맹의 건물은 그다지 놀라울 것이 없었다.

그녀의 아비가 주인으로 있는 마교에 비해 크게 나을 것이 없어 보였다. 아니, 깎아지른 절벽 위에 지어진 마교의 천마성에 비하자면 턱없이 작아 보였기에 내심 실망하고 있었다.

그녀가 구경을 나오고 싶었던 것은 건물이 아니라 정도무림맹의 무인들이 수련하는 모습을 보고 싶었던 것이다.

“저기… 혹시 연무장은 없나요?”

“연무장이요?”

조량이 고개를 돌렸다가 앙증맞은 표정의 능소화를 보고는 자신의 실수를 깨닫고 이마를 쳤다.

‘이런이런, 중원제일의 거부인 금섬상단의 사람들에게 내가 건물의 위용이나 자랑하고 있었다니……’

정도무림맹에서 중급 정도의 위치를 가진 조량이 능소화의 정체를 알 리 없었으니 그는 능소화를 금섬상단주의 딸쯤으로 생각하고 있었다.

조량은 능소화가 늘 장춘달과 같은 엄청난 무인의 수준 높은 무공을 본 터라 무공에 관심이 많을 것이 분명하다 생각했다.

“제가 깜빡했습니다. 자, 가시죠. 비동을 보여드릴 수는 없으니 외동의 연무장으로 안내하겠습니다. 새로 각파에서 후기지수들이 모였다고 하니 지금쯤 그들에 대한 심사가 있을지도 모르겠습니다.”

“그래요? 정파의 후기지수란 말이죠?”

능소화가 눈을 초롱초롱 빛내며 관심을 보였다.

“예, 그렇습니다. 이번에 맹주님의 지시로 새로 무인대를 만들고 있지요.”

“호오, 그래요?”

조량의 안내를 따라 일행은 연무장으로 이동했다.

　연무장으로 향하면서 장춘달과 윤자기는 화려하게 지어진 건물들에서 눈을 떼지 못했다.

　잠시 후 조량을 따라간 곳에는 수백여 장의 크기로 지어진 거대한 연무장이 자리하고 있었다. 바닥에 깔린 청석과 한쪽 편으로 늘어 세워둔 무구들은 햇빛을 받아 날카롭게 빛나고 있었다.

　"와!"

　"야!"

　"……."

　연무장을 바라보던 세 사람은 각자 서로 다른 감탄사를 터뜨렸다.

　윤자기는 연무장을 가득 채운 무인들을 보며 감탄했고, 능소화는 정파의 무공을 눈으로 볼 수 있다는 데 감탄했다.

　'암, 이 정돈 돼야지. 부자 되면 집에다 꼭 만들어야겠다. 산속에서 연습하는 것도 지겨운데… 에혁! 그런데 언제 부자 되지?'

　장춘달의 감탄은 조금 남달랐지만 조량으로서는 그들의 반응이 매우 만족스러웠다.

　"잠시만 기다리십시오. 제가 전망 좋은 곳으로 안내하겠습니다."

　"같이 가요."

　"그럴까요?"

한껏 기분이 좋아진 조량은 자신이 이 정도 되는 사람이라는 것을 보여주기 위해 능소화를 데리고 우쭐대며 연무장 관리관에게로 걸어갔다.

능소화와 조량이 사라지고 연무장을 돌아보던 윤자기가 힘 빠진 목소리를 내었다.

"나도 이런 곳에서 무공을 익혔으면……."

감탄하던 윤자기의 얼굴이 금세 시무룩해지자 장춘달이 물었다.

"왜?"

"아, 아닙니다, 공자. 그냥……."

장춘달의 물음에 윤자기가 손사래를 쳤지만 그의 얼굴에는 씁쓸한 표정이 떠올라 있었다.

윤자기는 도모꾼이다.

지금은 그만두었지만 남창 뒷골목에서 섬전수 윤자기를 모르면 세작이라는 말이 나돌 정도로 유명했다. 하지만 그도 원래부터 도모꾼이 되고자 했던 것은 아니다.

가난, 평범함…….

무엇 하나 꿈꿀 수 없는 이들이라면 윤자기의 마음을 충분히 이해하고도 남을 것이다. 무인이 되고 싶었지만 시골 문파에서도 문전박대를 당해야만 했다.

결국 좋지 않은 길로 빠졌고, 좋지 않은 기술을 배웠다.

십 년을 뒷골목에서 살다 보니 섬전수라는 명호도 생겼다.

하지만 그뿐이었다. 좀 더 좋은 가문에 태어나 좀 더 좋은 수양을 쌓았더라면 자신도 연무장을 가득 채운 저들과 똑같이 어깨에 힘을 주며 밝은 곳에서 인정받으며 살았을 것이다.

하지만 이제껏 그러한 삶은 언감생심 꿈도 꾸지 못했다.

윤자기의 씁쓸함이 무엇 때문인지는 모르지만 그 마음이 이해가 되었을까? 장춘달이 윤자기의 어깨에 손을 올렸다.

"야, 쓸데없는 생각 하지 마. 저 자식들, 암것도 아니니까. 부자가 되면… 아니, 꼭 부자가 돼서… 저런 놈들 호위로 두고 살면 되잖아."

"……."

다짐과도 같은 장춘달의 말이 어째서인지 모르지만 윤자기의 가슴에 뜨거운 불을 피우는 듯했다.

"고, 공자……."

감동이라도 한 듯이 윤자기가 장춘달의 얼굴을 바라보는데 연무장에 있던 여류무인 중 하나가 말을 걸어왔다.

"당신들?"

장춘달과 울먹이려던 윤자기의 시선이 여류무인을 향했다.

곱게 차려입은 녹의에 그럴싸한 검을 허리춤에 매어둔 늘씬하고 아름다운 여인이었다. 분명 어디선가 본 적이 있는 듯한 모습에 장춘달과 윤자기가 고개를 갸웃거렸다.

"누구?"

정도무림맹에 아는 사람이 없는데 자신들을 아는 척하자 장춘달이 물었다. 순간 무시당했다는 생각이 들었을까? 여인의 얼굴에 살짝 홍조가 어리고 미간이 좁혀졌다.

"당.소.혜.입니다."

그들이 잊은 기억을 일깨워 주듯이 당소혜가 자신을 이름을 한 자씩 끊어 말했다.

"아!"

"오!"

그제야 터져 나온 반응에 당소혜의 고운 아미가 찌푸려졌다. 당장 욕설이라도 하고 싶었지만 장춘달의 수준 높은 무공을 본 뒤 한 번도 잊어본 적이 없기에 당소혜가 아랫입술을 깨물며 화를 삭였다.

"근데?"

"예?"

아무렇지도 않게 장춘달이 되묻자 당소혜는 할 말을 잃어버렸다.

뭐라 답할 말이 없었기 때문이다.

정도무림맹이 주최하는 심사에 참가한 그녀가 그들을 보게 되리라는 것은 상상도 하지 못했던 일이다.

"설마, 당신들도 이번 심사에 참가하는 것인가요?"

"심사? 아니, 우린 그저……."

"어째서 당신 같은 사람들이……."

　장춘달이 부정의 뜻을 밝히려 했지만 이미 머릿속에 자신만의 생각으로 가득 찬 당소혜에게는 들리지 않았다.

　이름도 들어보지 못한 초유의 고수.

　그가 보여준 실력이라면 일문의 장로, 아니, 그 이상이 될 터인데 어째서 고작 후기지수들의 심사에 참가한단 말인가?

　"왜? 우린 참가하면 안 되냐?"

　당소혜의 의도와는 다르게 장춘달이 자신들을 무시한다 생각하고 비꼬는 말투로 물었다.

　"아, 그게 아니라……."

　"그게 아니면 뭐? 또 우릴 강제로 끌고 가게?"

　"……."

　장춘달이 당소혜를 똑바로 쳐다보았다.

　기분이 나빴던 것이다. 사천에서 그녀를 처음 보았을 때 느꼈던 느낌이 머릿속에 남아 있기 때문이다.

　가문의 위세를 등에 업고 자기 잘난 맛에 아무에게나 함부로 하는 모습.

　그것이 장춘달의 기억 속에 남은 당소혜의 모습이었다.

　"그게……."

　장춘달이 매섭게 쳐다보자 당소혜는 움찔한 표정으로 시선을 내리깔았다. 기세에서 밀렸다는 사실에 자존심이 상해 아랫입술을 깨물었지만 괴물 같은 장춘달의 심기를 건드리고 싶지는 않았던 것이다.

"당 소저, 왜 그러십니까?"

멀찍이 떨어져서 바라보다 당소혜가 낭인 같은 차림의 사내에게 핍박을 받는 듯하자 영웅건에 깔끔하게 백의를 차려 입은 사내가 다가왔다.

언뜻 보기에도 '귀한 집 자제 분' 티가 풀풀 풍기지만 '나는 무림 초출이오' 라는 느낌을 주는 사내였다.

"아, 황보 공자. 별일 아닙니다."

찡그린 얼굴로 고개를 돌리는 당소혜의 모습에 영웅건의 사내가 장춘달과 윤자기의 위아래를 훑어보며 눈을 부라렸다.

한눈에 보기에도 낭인.

그냥 싸움 좀 하는 불량배 수준의 옷차림이지 않은가? 하지만 있는 집 자식에 배운 티 좀 내느라 포권을 하며 물었다.

"소생은 황보가의 차남 황보일충이라 하오. 귀하는 누구요?"

공손한 말투였지만 목소리에는 보기에도 그렇지만 진짜 시시껄렁한 놈이면 가만두지 않겠다는 느낌이 물씬 풍겨졌다.

"알아서 뭐 하게?"

"뭐요?"

이미 당소혜의 얼굴을 보고 기분이 상한 상태에 황보일충이 가문을 들먹이며 나서자 장춘달이 피식 웃었다.

그 모습에 황보일충의 눈썹이 꿈틀거렸다.

자신이 중원오대세가의 하나인 황보세가의 자제임을 밝혔음에도 함부로 말하는 것에 기분이 나빠졌지만 한편으로는 잘됐다 싶었다.

얼마 전 정도무림맹에서 도도한 분위기를 가진 당소혜를 보고 첫눈에 반한 터라 그녀 앞에서 멋진 모습을 보여줄 수 있다 생각했기 때문이다.

"당 소저, 물러나시죠. 보아하니 뜨내기들 같은데 소저께서 상대하실 필요 없습니다. 제가 잘 말해서 돌려보내겠습니다."

"황보 공자, 그게……."

황보일충을 말리려던 당소혜가 눈을 찡그리며 말을 멈추었다.

이미 자신이 가장 잘났다고 생각하는 부류의 황보일충은 장춘달을 우습게 보고 있었다.

'멍청한…….'

당소혜가 자신의 앞을 막아선 황보일충을 쳐다보며 고소를 머금었다.

정도무림맹으로 들어와 후기지수들에게 적잖이 실망을 한 터다. 그곳에는 제대로 된 무인이 하나도 없었다. 실력보다는 가문의 위세가 신분을 결정했고, 실력이 뛰어나도 가문이 별 볼일 없으면 말도 함부로 꺼내지 못했다. 어떤 말을 해도 무시당하기 일쑤였으니까.

당소혜는 장춘달의 입꼬리가 싸늘한 분위기를 흘려내며 말려 올라가는 모습에 황보일충이 겪게 될 일을 예상했다. 당소혜는 못 이기는 척 그곳에서 한참을 떨어진 곳으로 걸음을 옮겼다.

자신의 권유에 당소혜가 물러난 것이라 생각한 황보일충이 한껏 으쓱해진 기분으로 장춘달에게 손가락질을 하며 물었다.

"뭐 하는 자인가? 신분을 밝혀라!"

장춘달이 자신을 향해 호기롭게 외쳐 대는 황보일충을 보며 피식 웃었다.

"금섬상단의 상단 호위다."

"금섬상단?"

황보일충이 어이없는 표정으로 쳐다보다가 허탈하게 웃으며 연무장에 모인 후기지수들을 향해 말했다.

"대금섬상단의 호위님이시라는군. 상단 호위무사 말이야."

"뭐?"

"상단 호위?"

황보일충의 말에 후기지수들이 관심을 보이며 다가와 장춘달 일행을 둘러쌌다. 갑작스런 반응에 윤자기는 조금 겁을 먹은 듯 위축된 표정으로 장춘달을 쳐다보았지만 정작 당사

자인 장춘달의 표정은 느긋하기만 했다.

“웃기는군. 정도무림맹이 동네 무관인가?”

“그게 무슨 소린가?”

“생각해 보게. 상단 호위께서 정도무림맹이 무인대를 만든
다는 말을 듣고 찾아올 정도이니 말이야.”

“하긴, 실력이 대단한가 보지? 산적에 수적 놈들 좀 때려잡
았나 봐?”

“뭐라고? 와하하하하!”

황보일충의 말에 무인들이 박장대소했다.

황보일충은 ‘상단 호위’라는 신분 하나만으로 이미 ‘아랫
것’ 취급을 하기 시작했다. 머릿속에는 눈앞의 뜨내기들을
혼내주는 것을 당소혜에게 보여 멋을 내야겠다는 생각으로
가득했다.

“이봐, 얼마나 대단한지 모르겠지만 안 어울린다고 생각하
지 않나?”

“……”

“뭔가 착각하고 있는 모양인데, 이곳은 네놈이 생각하는
것만큼 호락호락한 곳이 아니야. 감히 상단 호위가 주제도 모
르고 날뛰는 꼴이라니… 쯧쯧.”

황보일충이 혀를 차며 비웃자 장춘달의 입가에 지어진 미
소가 싸늘하게 변했다.

“그래? 호락호락하지 않으면… 어떤 곳인데?”

"뭐?"

장춘달의 반응에 황보일충이 기가 막힌다는 표정으로 쳐다보았다.

"좋아, 재미있어졌어. 자기, 그렇지 않냐?"

"예?"

"생각해 봐라. 고작 가문의 위세만 믿고 날뛰는 놈들이잖냐. 웃기지도 않지. 열받으면 주먹이나 겨눌 것이지, 계집애들처럼 네가 잘났네 내가 잘났네 하는 꼴이 말이다."

장춘달의 말에 황보일충의 얼굴이 와락 구겨지자 험악해지는 분위기에 눈치를 보던 윤자기가 마른침을 삼켰다.

"고, 공자, 그런 말은……."

"왜? 너도 그렇게 생각하냐? 저 새끼들 말처럼 이곳이 발조차 붙이지 못할 그런 곳으로 보이냐?"

장춘달이 대놓고 이죽거리자 황보일충을 비롯한 무인들의 얼굴이 붉으락푸르락해졌다.

"새끼… 라고?"

장춘달의 말에 황보일충의 눈에 분노가 생겨났다.

"왜? 새끼가 아니면 어미라고 불러줄까?"

"……."

명백한 도발이었다.

장춘달은 대놓고 무림에 명성이 자자한 세가와 문파의 후기지수들에게 도발을 감행하고 있었다.

“네놈이… 좋다. 네놈이 제법 실력깨나 있는 모양인데… 그것이 얼마나 하잘것없는 것인지 내 뼛속까지 느끼게 해주마.”

“호오? 기대되는데?”

“그래, 계속 지껄여라. 개가 짖는 소리에 불과한 것을…….”

“개 짖는 소리라…….”

장춘달이 황보일충의 말을 곱씹으며 한 발 내디뎠다.

“내가 보기엔 네가 더 개처럼 보이는데…….”

“뭐라고!”

장춘달의 말에 모여 있던 무인들의 기세가 사뭇 날카로워졌다.

“감히 상단 호위 따위가 뚫린 입이라고 함부로 지껄이다니!”

황보일충이 싸늘한 눈으로 장춘달을 향해 주먹을 쥐자 그들의 싸움을 지켜봐 주듯 무인들이 둘을 중심으로 둥글게 모여들었다.

그들의 표정은 금세 무릎을 꿇고 싹싹 빌며 매달릴 장춘달을 예상하는 것 같았다.

한참을 떨어진 당소혜가 눈을 가늘게 뜨고 장춘달을 쳐다보았다. 장춘달의 가공할 실력은 사천에서 경험한 바 었다. 숨 한 번 쉬지 못할 정도로 강렬한 그의 진각이 녹혈당 무인들을 한 방에 무릎 꿇리는 모습을 지금도 잊지 못했다.

황보일충이 근래에 권사로 이름이 나긴 했으나 장춘달의 무공과는 천양지차에 가까웠다.

"자기, 너 알고 있냐?"

"예?"

"내가 시골에서 살았다고 했지?"

"예."

"시골에서 살 때 말이다. 지가 갠 줄 모르고 골목을 활보하던 개새끼가 한 마리 있었거든. 아주 사람 알기를 우습게 알았지."

윤자기는 장춘달이 하고자 하는 말을 충분히 이해했다.

"그래서 내가 그 개가 사람이 아니라는 걸 가르쳐 줬지. 어떻게 했냐고? 개라는 걸 알 때까지… 쥐어 패줬지. 너, 개가 코피 흘리는 거 봤냐?"

장춘달의 말에 윤자기가 잔뜩 움츠린 모습으로 고개를 내저었다.

"보여주마, 지금부터."

황보일충의 눈과 얼굴에 살기가 어렸다.

장춘달의 말은 지금 자신이 개새끼라는 말이 아닌가?

"감히… 나를… 개 취급… 오냐, 이놈. 언제까지 네놈이 자신만만한지 두고 보자."

어금니를 세차게 갈아붙인 황보일충이 마보를 취하며 주

먹을 옆구리에 말아 쥐고 공력을 일으키자 그의 주먹에 희뿌
연 기운이 어리기 시작했다. 그것은 황보세가가 자랑하는 패
권 벽력진천의 기수식이었다.

"이거, 위험한 거 아냐?"

"그, 그러게. 하지만 무슨 일이야 있으려구. 고작 상단 호
위지 않은가?"

"어쨌든 저놈도 운이 없군. 그의 일권은 청석조차 우습게
아는데……."

황보일충의 권력을 익히 알고 있는 후기지수들이 우려의
목소리를 내었지만 그들은 황보세가가 자랑하는 벽력진천을
직접 본다는 기대감에 흥분된 표정을 짓고 있었다.

"이젠 빌어도 소용없다, 이놈! 벽력진천 일초 천지폭멸(天
地爆滅)!"

화가 난 황보일충의 일권이 느린 속도로 내질러졌다.

두고두고 괴롭힐 생각이었기에 온 힘을 다하지 않았지만
그의 주먹에는 고수들도 경시할 수 없는 엄청난 경력이 실려
있었다.

그그그긍!

황보세가를 중원오대무가에 이름을 올린 벽력진천권이 그
위용을 드러내며 뻗어져 나갔다.

그 이름이 가볍지 않다는 것처럼 뿜어져 나간 권력이 막대
한 경풍을 쏟아내며 사방으로 휘몰아쳤다.

뻐억!

막을 생각이 없었을까?

아니면 막을 수가 없었던 것일까?

황보일충의 손을 떠난 권력이 장춘달의 복부에 틀어박혔고, 그의 허리가 새우처럼 굽혀져 서너 걸음이나 밀려 나갔다.

"고, 공자!"

윤자기가 다급한 목소리로 밀려난 장춘달에게로 고개를 돌렸다.

"과연!"

"일 장이나 떨어진 곳에 권력을 보내다니!"

"역시 벽력진천의 명성이 헛된 게 아니야."

곳곳에서 터져 나오는 감탄사에 황보일충이 만족스러운 미소를 지으며 당소혜를 쳐다보았다.

하지만 그녀의 시선은 황보일충을 향해 있지 않았다.

황보일충이 그녀의 시선을 쫓아 고개를 돌렸는데, 그곳에는 자신의 일권을 맞은 장춘달이 있었다.

그런데 피를 토하며 쓰러져야 할 장춘달이 허리를 숙이고 있을 뿐이었다.

'저, 저놈이!'

황보일충의 눈이 부릅떠졌다.

아무리 힘을 줄였다고 하나 상단 호위 따위가 아무렇지도 않을 정도의 힘이 아니었다.

　장춘달은 마치 황보일충을 비웃기라도 하듯이 허리를 펴고 웃었다.

　"이게 다냐?"

　"……."

　황보일충의 눈에 놀람이 살짝 스쳐 갔다.

　"허, 맛보기만 보인 건가?"

　"그런가 보네. 권에 실린 경기가 만만치 않았는데……."

　"이런이런, 일충이 타격하며 힘을 빼버린 모양이구만."

　"아! 그렇군. 역시 일충이야. 벌써 내지른 권경을 거둘 정도로 수양이 깊어졌다니 말이야."

　"과연!"

　무인들이 저마다 의견을 내놓자 황보일충은 차마 놀란 심정을 표현하지 못하고 어색하게 웃었다.

　"노, 놈, 봐주었더니 기세가 올랐구나."

　주변의 눈치를 살핀 황보일충의 말에 무인들이 고개를 주억거렸다.

　"봐줬다고? 그럼 제대로 한번 해봐."

　"뭐, 뭐라고, 이놈?"

　"해보라고."

　"……."

　황보일충의 목젖으로 침이 한 움큼이나 넘어갔다.

‘생각보다 고수였나?’

머릿속으로 오만 가지 생각을 하던 황보일충이 생각을 떨쳐 버리려 고개를 저었다.

‘아마 운 좋게 비껴 맞은 거겠지? 그럴 거야. 어찌 상단 무인 따위가…….’

자위하듯이 고개를 주억거린 황보일충의 얼굴에 다시금 자만이 떠올랐다.

“오냐, 이놈. 어째서 벽력진천이라 불리는지 보여주마! 으하압!”

황보일충이 다시금 마보세를 잡고 공력을 끌어올렸다.

팔뚝에 터질 듯이 힘줄이 돋아 오르고 이전보다 더욱 강한 경기가 그의 주먹에 응축되었다.

쿵!

황보일충의 오른발이 강하게 지면을 내딛자 청석에 진동이 생겨났고, 내질러진 주먹에서 이전보다 강력한 권경이 눈에 보일 정도로 유형화되어 쏘아져 나갔다.

뻐어억!

두 번째 권경이 장춘달의 복부에 틀어박히며 가죽 북이 터지는 듯한 소음을 만들어내었다.

낭인 정도의 무인은 그것만으로 내장이 터져 죽을 만큼 강렬한 힘이었다.

혹시나 하는 마음이었을까?

황보일충이 밀려나는 장춘달을 신형을 쫓았다.

서너 걸음이나 밀려난 장춘달이 아무렇지도 않게 허리를
세우자 황보일충은 그만 입을 떡 벌렸다.

"어, 어떻게… 그걸……."

너무 놀라 주변을 의식하지 않고 내뱉은 말에 장춘달이 피
식거리며 대답했다.

"이게 다라 이거지?"

"……!"

"자기, 잘 봐둬라, 주먹질이 뭔지."

장춘달은 싸늘하게 웃으며 손가락 관절을 꺾었다.

"개가 하는 것을 봤으니 사람 실력 한번 보여주지."

한 걸음씩 천천히 다가오며 손가락 마디를 꺾는 장춘달의
손에서 생긴 뚜뚝 하는 소음이 황보일충의 귓가에 천둥소리
처럼 들렸다.

"아니, 그러니까, 심사 보는 것을 관람하게 해달라구요?"

"그렇다네."

"그것도 상단 호위무사들을요?"

"당연하지."

"……."

정도무림맹 외당 연무장 관리관 여지명은 심사를 관람하
겠다고 찾아온 청죽대의 부대주 조량과 함께 온 능소화를 어

이없는 표정으로 쳐다보았다.

　물론 자신과 상대할 수조차 없는 고수이자 신분을 가진 조량이 심사에 참가한다는 것을 거부할 이유는 없었다. 한데 그 참관 대상이 상단 호위라는 말에 할 말을 잃어버린 것이다.

　"그게 말이 됩니까? 상단 호위 따위가?"

　"어허! 이 사람, 말을 삼가게. 상단 호위 따위라니!"

　"예?"

　"함부로 말하지 말게. 그분이 상단 호위이긴 하지만… 그래도… 여하튼 자리 하나 내어주게."

　"……."

　조량은 설명을 하려다 말고 다시금 말했다.

　"허참, 알겠습니다. 하면 한쪽에서 구경하십시오. 부대주님 말씀이니 들어주는 겁니다. 괜히 이번에 심사장으로 참가하시는 철각 대협의 눈에 띄었다가는 저만 곤욕을 치르니까요."

　"알겠네. 그리하지."

　"일단 나가시지요. 이제 심사 치를 시각이 되어가니까."

　"그러세. 자, 소저, 가시지요."

　여지명이 앞서 나가자 조량이 능소화를 데리고 연무장으로 향했다.

　연무장의 무인들은 장춘달이 보여준 한순간의 움직임에

눈을 부릅떠야 했다. 자신들이 잘못 본 것은 아닌가 눈을 비비고 바라보았지만 눈앞에 펼쳐지는 상황은 진짜였다.

지면을 박차는 순간 사라져 버린 장춘달.

턱 언저리에 주먹이 틀어박히며 한 자나 떠오른 황보일충의 모습.

이어지는 장춘달의 무지막지한 주먹세례.

믿을 수가 없는 모습이었다.

턱.

장춘달의 손에 멱살이 잡혀 축 늘어진 황보일충은 고개를 떨어뜨리고 있었다.

"개는 말이야, 완전히 꼬리 내릴 때까지 두들겨 패야 하거든."

장춘달이 윤자기에게 상세하게 설명하듯 말하며 또다시 주먹을 들어 올렸다.

"머, 멈춰라, 이놈!"

"그만두지 못해!"

사방에서 무인들이 소리를 질렀다.

"뭐? 왜? 개 잡는 거 첨 보나?"

"……!"

장춘달이 빈정거리듯이 말하자 무인들은 긴장된 표정으로 그의 얼굴을 쳐다보았다.

"생각있음 니들도 덤비던가. 호락호락하지 않은 곳에 노는 놈들 실력 좀 보게."

"뭐라고!"

또다시 도발하는 장춘달의 말에 무인들이 인상을 구겼다.

"네놈이 감히! 정파를 무엇으로 보고!"

장춘달의 오른쪽에 있던 무인이 허리춤에서 검을 뽑아 들었다.

"넌 또 뭐냐? 개도 검을 쓰냐?"

"이 개자식! 감히 상단 호위 따위가 우리를 능멸하다니!"

그의 말이 신호가 되었을까?

무인들이 사방에서 각자의 허리춤에 매어 있던 검을 뽑아 들고 장춘달을 에워쌌다.

"호오? 패거리로 덤빈다 이거지? 내참, 무슨 들개도 아니고. 좋아, 놀아주지. 덤벼!"

진득한 살기와 함께 일촉즉발의 긴장감이 연무장을 가득 채우자 당소혜와 윤자기의 얼굴이 사색이 되었다.

"이보게, 이건 너무 심하지 않은가?"

안휘성 합비(合肥)에서 온 약소 문파의 자제 가조행이 걱정스러운 표정으로 말하자 남궁세가의 대표로 온 남궁휘가 버럭 화를 내었다.

"지금 무슨 소리를 하는가! 저놈이 우리를 무시했네! 그런데 참으란 말인가? 저놈 따윈 죽여도 상단에 돈 몇 푼 던져 주면 그만이네!"

"하지만… 말다툼으로 살행까지……."

"닥치시게! 자네가 지금 나에게 훈계할 그릇이 되는가! 고작 지방 무관 출신 주제에 끼워주었더니! 함께하지 않을 생각이면 물러나게!"

"……!"

남궁휘의 말에 가조행의 얼굴이 붉게 달아올랐지만 아무 말도 하지 못했다. 남궁휘의 말처럼 자신의 가문과 남궁가는 달과 반딧불의 차이였기 때문이다.

"뭐야? 개 틈에 사람이 있었네?"

장춘달이 가조행과 남궁휘를 쳐다보며 이죽거렸다.

"네놈! 네놈의 세 치 혀를 잘라 개 먹이로 주마!"

남궁휘가 이를 갈며 으르렁거렸다.

하지만 일백은 족히 될 듯한 무인들이 검을 겨누고 있음에도 장춘달의 얼굴에서는 긴장이라고는 찾아볼 수도 없었다.

"고, 공자, 정도무림맹입니다. 더구나 저들은……."

"쫄기는, 어차피 개들이 모여봐야 개다."

"……."

장춘달의 힘을 알고는 있었지만 윤자기는 후폭풍이 걱정되었다.

연무장에 있는 이들 중 변변치 않은 곳은 하나도 없었다. 그들 모두가 정파의 이름 높은 가문의 자제들이었다.

아무리 금섬상단이라고 해도 그들과 척을 진다는 것은 무

척이나 큰 문제였다. 윤자기는 어떻게 이 난관을 헤쳐 나가야
할지 갈피가 잡히지 않았고, 장춘달을 말릴 수도 없는 문제였
으니 발만 동동 굴렀다.

"어이, 개 먹이로 준다며? 해봐."

"이런 개자식!"

장춘달의 도발에 무인들이 검을 들고 달려들었다.

사방에서 검풍이 몰아치고 살기 어린 검이 휘둘러졌다.

"사람 목숨이… 니들이 생각하는 것처럼 하찮지 않음을 보
여주지!"

빠악!

장춘달의 머리를 갈라오던 무인이 번개 같은 일격에 튕겨
나가 연무장 벽에 부딪쳐 쓰러졌다.

순식간에 연무장 안이 난장판이 되었다.

"이… 이게… 어떻게……."

막 연무장으로 들어온 여지명과 조량은 눈앞에 펼쳐진 상
황에 입을 다물 수가 없었다.

연무장 안은 난장판이었다.

살기 어린 검풍이 사방으로 몰아쳤고, 비명 소리와 고통스
러운 신음 소리가 가득 채우고 있었다.

공격하는 무인들 사이를 유유히 누비며 주덕과 발을 내질
러 대는 장춘달의 모습. 그의 주먹과 발에 얻어맞고 튕겨 나

가는 무인들이 사방으로 날아다녔다. 벌써 수십여 명의 무인이 차가운 연무장의 바닥에 쓰러져 몸을 일으키지도 못하고 있었다.

뻐억!

"커억!"

뼈마디가 부러지는 소리와 무인 하나가 튕겨 나와 여지명의 발 앞에 쓰러졌다.

"나, 남궁 소협!"

그는 바로 남궁휘였다.

팔이 부러졌는지 고통스러운 표정을 짓고 있는 그의 모습에 여지명은 할 말을 잃어버렸다.

도대체 무슨 일이 일어난 것이란 말인가?

"자, 장 대협, 이런……."

조량이 사건의 주범임을 확실하게 보여주는 장춘달의 모습에 눈을 동그랗게 떴다.

"아, 아는 사람입니까?"

"그게……."

조량은 차마 대답을 하지 못했다.

한두 명의 다툼이라면 괜찮겠지만 상황이 자신이 어떻게 해볼 수 있는 수준을 넘어섰기 때문이다.

"호오? 저런 방법으로?"

조량과 여지명이 안절부절못하고 있는데 곁에 있던 능소

화가 호기심 어린 눈으로 장춘달을 쳐다보며 말했다.

"천근추야. 확실히 천근추야. 정말 대담해! 군더더기가 전혀 없는 움직임에, 힘을 순간순간 한 점에 모으고 있어. 말 그대로 일격필살이야. 굉장해!"

능소화의 감탄에 조량과 여지명이 어이없이 쳐다보았다.

지금의 상황이 감탄이나 하고 있을 때란 말인가? 천근추고 나발이고 무슨 방법을 써서라도 장춘달의 행동을 당장 말려야만 했다.

어쩔 수 없이 조량이 연무장 안으로 들어가려는데 그들의 뒤에서 인기척과 함께 사십대 중반의 강인한 인상을 가진 무인과 뒷짐을 진 걸인이 다가왔다.

"처, 철각 대협!"

강한 인상을 가진 무인의 얼굴을 보는 순간 여지명은 하늘이 노래지는 것만 같았다.

"여 관리관, 내 근처에서 비은 어른을 만났지 뭔가? 허허, 오늘의 심사에는 비은 어른도 함께… 응?"

철각 왕천일이 기분 좋게 웃으며 옆에 있는 걸인을 소개하려다가 조량과 여지명의 앞에 쓰러진 남궁휘를 보고 입을 다물었다.

"이게 무슨?"

왕천일이 미간을 잔뜩 찌푸리고 연무장 안으로 고개를 돌렸다.

“왠지 설명이 필요할 듯싶은데…….”

왕천일이 서서히 노기가 생겨나는 얼굴로 여지명을 쳐다보았다.

도대체 이 상황을 어찌 이해해야 한단 말인가?

“무슨 일인가?”

왕천일의 목소리는 담담했지만 화가 잔뜩 나 있었다.

“저, 저도… 어찌 된 일인지…….”

“뭐라! 지금 나와 장난하는가! 자네가 모르면 누가 안단 말인가!”

“그게…….”

왕천일의 갑작스러운 호통에 여지명이 찔끔하며 목을 움츠리고 눈을 감았다.

“이보게, 철각. 부상자가 더 생기기 전에 일단은 상황을 정리하는 것이 좋겠네만…….”

비은이 연무장을 보며 차분하게 말했다.

“으드득. 일단 나중에 말하세. 비은 어른, 잠시만 기다리십시오.”

철각이 비은에게 공손하게 말하고는 연무장 안으로 들어섰다.

“멈춰라! 이게 지금 무엇 하는 짓인가!”

철각의 호통 소리가 연무장 안을 가득 채웠다.

빠악!

하지만 그런 철각의 말을 무시하듯 장춘달의 주먹에 또 한 명의 무인이 튕겨 나왔다.

"저놈이!"

자신의 말에도 계속해서 만행을 저지르는 장춘달의 모습에 철각이 쌍심지를 돋우며 싸움터 안으로 걸어 들어갔다.

"비켜라!"

"넌 또 뭐… 헉! 철각 대협!"

왕천일의 손에 어깨가 잡힌 무인 하나가 화를 내며 고개를 돌렸다가 헛바람을 집어삼키며 물러났다.

"이놈들, 물러나지 못할까!"

왕천일이 다시 한 번 소리를 지르자 싸움을 하던 무인들의 시선이 집중되었다.

"처, 철각 대협!"

"철각 대협이!"

그를 알아본 후기지수들이 서둘러 검을 내리고 당황한 표정으로 물러났다.

빠악!

하지만 장춘달은 여전히 주먹을 멈추지 않고 있었다.

"저놈이!"

분기탱천한 왕천일이 강하게 지면을 내려밟고 도움닫기를 해 장춘달을 향해 일각을 날렸다.

빠악!

"이놈! 멈추라 하지 않았더냐!"

장춘달은 갑자기 날아온 왕천일의 일각에 재빨리 팔을 들어 막았다. 왕천일의 다리에 실린 힘이 만만치 않았음인지 장춘달이 뒤로 한참을 밀려났다.

"……."

팔꿈치를 통해 아릿하게 전해져 오는 충격에 그제야 움직임을 멈춘 장춘달이 고개를 들어 왕천일을 쳐다보았다.

"뉘쇼?"

"뉘… 쇼?"

불량배처럼 침을 바닥에 뱉으며 묻는 장춘달의 언행에 왕천일의 눈썹이 역팔자로 휘었다.

"철각 대협, 비키십시오. 이놈을 그냥 둘 수는 없습니다!"

팽만호가 씩씩거리며 도를 움켜쥐고 장춘달을 노려보자 왕천일의 노기가 더욱 커졌다.

"뭐, 비켜? 갈!"

급기야 대갈일성이 내질러지고, 강렬한 음파가 사방으로 퍼져 나가며 청석을 들썩이게 만들자 순간 정지한 것처럼 모두가 움직임을 멈추었다.

"도를 들고 있는 것을 보니 팽가의 자제인 듯한데 어찌 이런 상황을 만들었단 말이냐!"

"그건… 저놈이! 다 저놈 때문에……."

"닥쳐라! 팽가의 이름이 가볍지 않거늘! 어찌 적수공권의 상대에게 도를 휘두르고 산적 떼처럼 수십이 넘는 무인이 한 사람을 공격했단 말이냐! 부끄럽지도 않더냐!"

"하지만!"

"닥치라고 하지 않았더냐!"

억울하다 생각한 팽만호가 변명을 하려 했으나 돌아간 것은 왕천일의 노성과 부리부리한 눈빛이었다.

"이놈들, 명색이 정파의 후기지수라는 놈들이… 쯧쯧. 모두 물러나지 못할까!"

왕천일의 말에 후기지수들이 장춘달을 노려보고는 부상자들을 챙겨 주섬주섬 물러났다.

모두가 물러나고 장춘달을 쳐다본 왕천일의 눈에 이채가 스쳤다.

'어림잡아 부상당한 녀석들만 수십이거늘…….'

왕천일의 시선을 마주한 장춘달의 마치 야수와도 같은 모습이었다.

자신을 향해 엄청난 투기를 발산하며 시선을 마주해 오고 있었다. 자신과 일 합을 나누었음에도 조금의 흐트러짐도 없어 보였다.

'호오?'

자세히 보니 짝다리를 짚고 서 있음에도 빈틈이 느껴지지 않았다.

"네놈은 누구냐?"

　왕천일이 장춘달을 지그시 노려보았다.

　"내참, 누군 게 그리 중요한가? 그리고 왜 다들 반말지거리야?"

　"뭐라고?"

　장춘달의 대답에 왕천일은 어이가 없었다.

　"네놈이 지금 무슨 짓을 저지른 것인지 알고 있느냐? 도대체 어느 문하기에 이처럼 말도 안 되는 상황을 만들었단 말이냐?"

　"이봐요, 아저씨."

　"뭐, 아저씨?"

　"어느 문한 게 그리 중요한 거요?"

　"……."

　"그리 중요하면 말해주죠. 금섬상단의 호위인 장춘달이요. 됐소?"

　"상단 호위… 라고?"

　왕천일은 갈수록 어이가 없었다.

　장춘달의 말을 믿어야 한단 말인가? 금섬상단이라면 무척이나 잘 알고 있다. 중원삼대거부라 불리는 상단을 어찌 모를 수가 있단 말인가? 하지만 고작 상단 호위라는 자가 어찌 무림 유명 문파의 후기지수 일백여 명을 상대로 저만한 부상자를 만들어내고 자신의 공격을 막아낸단 말인가?

　"허, 정말 말이 나오질 않는군. 네놈이 상단 호위라면 나는 표사겠구나.”
　“믿든 안 믿든 자유요.”
　“좋다, 상단 호위라 치자꾸나. 하면 어째서 저들과 싸웠더
냐?”
　“싸워? 누가요?”
　“뭐라고?”
　“난 그저 부모 대신에 버릇을 고쳐 준 것뿐이오.”
　“…….”
　갈수록 가관이었다.
　“버릇이라……. 누가 누구의 버릇을 고친단 말이냐!”
　왕천일의 미간이 좁혀졌다.
　빈정거리는 듯한 장춘달의 말투에 왕천일의 얼굴에 노기
가 어렸다.
　“누구긴 누구요? 지들이 제일 잘난 줄 아는 철모르는 애송
이들이지.”
　“뭐라?”
　장춘달의 말에 왕천일이 주먹을 움켜쥐었다.
　상단 호위라고 밝혔다고는 하나 신분도 정확하지 않은 자
가 정도맹의 중심에서 소란을 일으키고도 당당하게 서 있다
는 것이 마음에 들지 않았다.
　“좋다. 네놈이 누군가의 잘못을 깨우쳐 줄 정도로 실력이
되는지 확인해 주마!”

왕천일이 오른발을 끌 듯이 밀며 자세를 잡자 장춘달이 헛웃음을 지었다.

"그 나물에 그 밥이니 믿을진 모르겠지만 시비는 저쪽에서 먼저 걸었고 난 응대만 해줬을 뿐이요."

"닥쳐라, 이놈!"

장춘달의 말에 물러나 있던 팽만호가 소리를 지르며 나섰다.

"그만두지 못할까!"

"철각 대협, 저놈의 말은 거짓입니다. 저희를 개에 비유하며 빈정거렸습니다."

"……."

팽만호의 말에 왕천일이 미간을 찌푸리고 장춘달을 쳐다보았다.

"사실이더냐?"

장춘달은 대답을 하지 않았다.

"어찌 정파의 자제들을 개에 비유했단 말인가?"

"개에 비유해 준 걸 다행으로 생각해야지."

"뭐라고? 이놈이!"

거침없는 장춘달의 말투에 눈을 세모로 뜬 왕천일이 장춘달의 어깨를 잡아갔다.

"……!"

한데 손이 허공을 스치자 왕천일의 표정이 굳었다.

"한 수가 있는 게로군."

왕천일의 손이 교묘하게 휘어져 장춘달을 따라붙었다.

하지만 장춘달은 한 걸음 더 걸은 것만으로 왕천일의 손을 피해 버렸다.

"이놈! 감히!"

장춘달을 자꾸만 놓치게 되자 왕천일이 눈을 부릅뜨며 손을 휘젓자 서너 개의 잔영이 만들어졌다.

"정말 끈질기구만!"

끈덕지게 따라붙는 왕천일에게 짜증이 난 장춘달이 지면을 밟으며 주먹을 들어 후려쳤다.

파파박!

순식간에 왕천일의 손과 장춘달의 손이 허공에서 서너 초를 교환하며 떨어졌다.

"……."

끝내 장춘달을 잡아채지 못한 왕천일이 자신의 손아귀를 바라보며 어이없는 표정을 지었다.

금나수의 묘리를 섞었음에도 자신의 손아귀를 빠져나간 자가 몇이던가? 오래돼서 기억도 나지 않았다. 더구나 고작 약관밖에 되지 않은 청년이 아닌가?

"이놈, 한 수가 있단 말이지! 어디 언제까지 피할 수 있나 두고 보겠다."

"거참, 귀찮게."

장춘달이 얼굴을 와락 일그러뜨리는데, 왕천일의 신형이 빠르게 움직이기 시작했다. 빠져나가려는 장춘달과 잡으려는 왕천일의 움직임이 서서히 빨라지더니 종래에는 눈으로 쫓을 수도 없게 되었다.

"호오? 어디서 저런 자가 튀어나온 게지?"

멀리서 상황을 지켜보고 있던 비은이 눈에 이채를 발하며 장춘달의 움직임을 유심히 지켜보았다.

몸놀림이 빠르긴 했지만 그리 대단한 신법을 보이는 것도 아닌데 어깨를 틀고 몇 발자국 떼는 것만으로 왕천일의 손을 피하고 있었다. 작은 움직임이지만 효과적이었다.

"놈!"

자꾸만 반복되는 것이 짜증났던지 왕천일이 공력을 끌어올리며 일권을 내질렀다.

"이 아저씨가 정말!"

따라붙는 것도 화가 나는데 급기야 공격까지 해오자 장춘달이 몸을 휙 돌리며 주먹을 내질렀다.

쩡!

두 개의 주먹이 맞부딪치며 커다란 소리가 만들어졌다.

"저, 저건!"

지켜보던 비은이 깜짝 놀라며 눈을 부릅뜨며 주먹을 움켜쥐었다.

"……"

왕천일의 주먹의 반탄력에 튕겨지듯 밀려난 장춘달은 서너 걸음이나 뒷걸음질치다 몸을 세우고 왕천일을 쳐다보았다.

두근.

심장이 뛰어올랐다.

능소화의 호위인 혈돈과의 싸움에서도 느끼지 못했던 느낌이다.

왕천일을 쳐다보는 장춘달의 입가에 미소가 걸렸다. 어딘가 모르게 시원스러운 느낌이 드는 미소와 함께 장춘달의 숨이 조금 거칠어졌다.

'이런……'

장춘달의 주먹과 부딪쳐 서너 걸음이나 밀려난 왕천일 또한 장춘달과 비슷한 느낌이었다. 단지 장춘달이 자신의 예상보다 몇 수는 위의 실력을 가지고 있다는 것에 놀란 표정으로 쳐다보다 재차 공격을 하려 공력을 끌어올렸다.

"멈추시게!"

第三章
겉과 속이 다른 비은

중원상왕

　왕천일이 공격하려던 찰나 비은이 재빨리 둘 사이를 막아 섰다.

　"비은 어른!"

　"잠시만 멈추어주시게. 내 저 친구에게 물어볼 것이 있네."

　비은이 왕천일을 말리는 모습에 장춘달의 미간이 살짝 좁혀졌고, 얼굴에는 긴장한 표정이 역력했다.

　방금 전의 격돌에서 왕천일의 주먹에 실린 힘이 만만치 않음을 느꼈다. 무림에 나온 이후 제대로 된 고수를 처음 만난 탓에 호승심이 끌어올라 가슴이 뛰었다.

"거지 영감, 비켜!"

장춘달이 비은의 어깨를 밀치며 왕천일을 향해 걸음을 옮기려 했다.

"자네도 진정하게. 무언가 오해가 있음일 게야. 암, 오해고말고."

비은이 애써 장춘달을 진정시키려 어깨를 잡은 그의 손을 잡았다.

"……."

왕천일을 향해 다가가려던 장춘달은 걸음을 멈추고 비은을 쳐다보았다. 자신을 향해 누런 이를 드러내며 히죽 웃는 모습에 장춘달이 묘한 눈빛을 띠었다.

당장에라도 밀쳐 내고 왕천일과 제대로 붙고 싶은데 비은을 밀어낼 수가 없었다.

마치 온몸이 돌덩이라도 되는 듯이 꿈쩍도 하지 않았다.

"그만하게, 그만해."

거듭 말리는 비은으로 인해 장춘달은 금세 흥분되었던 마음이 가라앉아 버렸다.

장춘달은 왕천일을 한 번 쳐다보고는 입맛을 다시며 주먹에 들어갔던 힘을 풀어버렸다.

"잘 생각했네. 잘 참았어. 헛헛."

무엇이 기분이 좋은지 비은이 장춘달의 어깨를 두들기며 웃었다.

"비은 어른?"

비은이 장춘달을 마치 절친한 사이처럼 대하자 왕천일이 고개를 갸웃거리며 다가왔다.

"이보게, 철각. 내 급한 일이 생겼는데 이 친구를 데려가도 되겠는가?"

"예? 아, 어르신이 원하신다면야……."

"좋아, 좋아. 술은 돌아와서 한잔하세. 내 뒷일은 부탁함세."

"예… 그야……."

왕천일이 얼떨결에 대답하자 비은이 장춘달의 어깨에 손을 올리며 말했다.

"자, 가세."

"……"

"어허, 이 사람. 어서 가지 않고 무얼 하는가? 이쪽 일은 걱정 말고 가세."

"……."

마치 앞장서라는 듯이 말하는 비은을 잠시 쳐다보던 장춘달이 피식 웃고는 걸음을 옮겼고, 비은이 그 뒤를 따랐다.

"고, 공자."

무인들 사이에서 눈치를 살피던 윤자기가 서둘러 그의 뒤를 따라갔다.

"조 부대주 아저씨, 저도 가볼게요. 그럼 나중에 봬요."

“에? 아, 그, 그래.”

장춘달과 비은이 나가고 윤자기마저 그 뒤를 따라 나가자 능소화가 멍하니 서 있던 조량을 향해 생긋이 웃고는 사뿐거리며 뛰어갔다.

‘무슨 생각이신 게지? 안면이 있어 보이지는 않았는데…….’

연무장 밖으로 사라지는 비은의 뒷모습을 보고 있던 왕천일이 턱 언저리를 쓸며 고개를 갸웃거렸다.

“철각 대협, 이대로 보내실 생각입니까!”

그의 상념을 깨우듯 팽만호가 장춘달의 뒷모습을 향해 손가락질하며 고함을 질렀다.

“응?”

멍한 눈으로 팽만호를 쳐다보던 왕천일이 그제야 잊고 있던 무언가가 생각난 듯이 손바닥을 ‘탁’ 소리가 나게 쳤다.

“아!”

“철각 대협!”

“시끄럽다!”

“…….”

“이대로 보내지 않으면? 니가 막아볼 테냐?”

“그건…….”

“아서라, 이놈아. 저분이 어떤 분인 줄 알고 막는단 말이냐. 아마 네 아버님인 팽가주께서도 못할 게다.”

"예? 그게 무슨……."

"그게 뭐고 간에… 나도 네놈들에게 묻고 싶은 게 산더미 같다. 자, 이제 우리도 제대로 대화 좀 나눠볼까? 심사를 받아야 할 너희들이 조금 전 그 녀석과 무슨 일이 있었기에 검까지 뽑아 들고 단체로 날뛰었는지 말이야."

"……."

왕천일이 정파 후기지수들과 긴밀한(?) 대화를 나누는 사이 비은과 함께 연무장을 나온 장춘달 일행은 연회가 벌어지고 있는 청화당으로 향했다.

이미 철후와 개방의 걸개들이 거나하게 취해 떠들썩한 분위기를 만들고 있었다.

"아! 사부님, 이제 오십니까?"

"그래. 조금 늦었구나."

"이리 앉으십시오. 맹주께서 제법 신경을 쓴 모양입니다. 개고기가 아주 일품입니다. 방의 비전 요리법에 비교해도 떨어지지 않는 맛입니다."

두툼한 고기를 한 손에 들고 입술이 기름으로 범벅이 된 철후가 비은을 연회장의 안쪽으로 안내했다.

"그런데 이분들은?"

"아, 인사 나누거라. 오다 만난 분들이다."

"예?"

철후는 비은을 쳐다보다 고개를 갸웃거렸지만 스승이 데려온 인물이라 별다른 생각 없이 인사를 건네었다.

"소생은 개방의 철후라고 합니다."

"장춘달이요."

"멋진 이름이군요. 아버님께서 잘 지으신 모양입니다. 원래 이름이라는 것이 부르기 편하고 익숙해야 하는 것이지요."

제 이름 이야기가 나오자 장춘달의 얼굴이 금세 환해졌다.

"하, 뭘 좀 아시는 분이군요."

"당연하지요. 하하! 자, 이쪽으로 오십시오. 음식이 많이 준비되어 있으니 입이 는다고 해도 모자라지는 않을 겝니다."

"감사합니다."

장춘달은 조금 전 연무장에서와는 달리 무척이나 기분 좋은 얼굴이었고, 금세 걸인들과 섞여들었다.

"그나저나 장 소협은 하는 일이 어찌 되십니까? 대충 옷차림으로 봐서는 저하고 다를 바가 없어 보이는데."

철후가 술잔을 권하며 물었다.

"제가 걸인 같은가요?"

장춘달이 잔을 받아 마시고는 짐짓 농을 쳤다.

"예? 하하! 설마 그럴 리가 있겠습니까? 하지만 크게 달라 보이진 않네요."

“그런가요? 하하하!”

술자리의 분위기는 금세 화기애애해졌다.

“뭐어? 술을 할 줄 안다고?”

장춘달이 비은, 철후 등과 술을 나누는 사이 걸인 무리와 자리를 함께하고 있던 곳에서 놀란 음성이 터져 나왔다.

“그럼요. 이 정도야.”

능소화가 걸인에게서 빼앗은 대접을 들고 단숨에 들이켰다.

“자, 어때요?”

“이야! 어린 소저가 대단한걸!”

금세 잔을 비우고 머리 위로 들어 올려 털어내고 개고기를 한 줌 쥐어 뜯어 먹는 능소화의 모습에 걸인들이 박수를 치며 웃었다.

“이런, 어린 소저에게 내가 질 수 없지!”

걸인이 대접에 술을 가득히 붓고는 들이마셨다.

순식간에 술내기를 하는 것 같은 분위기가 되어버렸다.

윤자기도 질 수 없었던지 대접에 술을 부어 마시는 모양이 그새 다들 친해진 모양이었다.

그들의 모습을 보던 장춘달이 피식 웃었다.

하긴 능소화에게는 어떨지 몰라도 윤자기에게는 저런 일상이 더 어울릴지도 몰랐다. 그를 만나서 지금까지 너무 억압했던 것은 아닌가 미안해진 장춘달이 쓴웃음을 지었다.

“그나저나 대단하더군. 정파의 후기지수 일백을 때려눕히는 사내가 있을 줄은 상상도 못했어. 나이도 어려 보이는데 말이야.”

“이, 일백이요?”

비은의 말에 철후가 깜짝 놀라며 장춘달을 쳐다보았다.

“암. 놀라지 말거라. 그 자리에는 팽가의 팽만호, 낭궁가의 남궁휘, 황보가의 황보일충이 있었다. 모두 한주먹에 나가떨어졌지.”

“에엑! 정말입니까?”

철후가 더욱 놀라며 눈을 동그랗게 뜨고 장춘달을 쳐다보았다.

“어찌 그럴 수가! 이거 큰 실수를 범할 뻔했군요. 그리 대단한 인물인 줄 모르고… 실례가 많았습니다.”

“하하, 아닙니다. 어르신이 너무 과장을 하셔서 그렇지요.”

장춘달이 손사래를 치며 어색하게 웃었지만 철후의 눈에는 존경심이 가득했다.

“도대체 정체가 뭡니까? 무림에서도 명성이 자자한 신진고수들을 쓰러뜨리다니요. 스승님께서 말씀하신 세 명은 정파에서도 꽤나 알려진 이들인데…….”

철후가 고개를 절레절레 흔들자 장춘달이 뒷머리를 긁적거리며 대답했다.

“그냥… 상단 호위를 하고 있죠, 뭐.”

“에? 상단… 호위요?”

철후가 믿을 수 없다는 얼굴로 장춘달과 비은의 얼굴을 번갈아 쳐다보았다. 비은이 장춘달의 말이 사실임을 알려주듯 고개를 끄덕이자 철후가 허탈한 숨을 내쉬며 털썩 주저앉았다.

“맙소사! 정말 상단 호위라니…….”

“왜? 다들 놀라지요? 상단 호위라는 것이 이상한가요?”

장춘달이 영문을 몰라 하자 비은이 나지막이 설명했다.

“하하, 신경 쓰지 말게. 상단 호위 중에 자네만 한 자가 없어서 그런 것이네.”

“…….”

“원래 무인이라는 자들이 자존심이 강해서 스스로 고결하다고 생각하거든. 내 보기에는 처먹고 똥 싸는 것은 똑같은데 말이지. 그러다 보니 순수하게 무예를 닦아온 이들은 상단 호위나 청부 무인 같은 것은 하지 않는다네. 뭐랄까, 애써 닦은 무예를 돈을 받고 파는 것 같아 자존심이 상한다고 할까?”

“그런가요?”

“그렇지. 하지만 신경 쓰지 말게. 모두 개소리야. 처먹고 살려면 돈이 없어서야 되겠는가? 겉멋 든 것들이 그따위 소리나 하는 것이지. 어쨌든 무인들이 외면하니 상단 호위를 하는 이들의 대부분이 생계를 위해 무예를 익혀온 낭인들이라네. 그렇다 보니 상단 호위라고 하면 무시부터 하기 십상이지.”

비은의 말이 이해된 장춘달이 고개를 주억거렸다.

"어쨌든 잘했네. 그 녀석들, 한번 호된 맛을 봐야 했어. 가문의 위세만 믿고 안하무인 행동하는 것이 언짢았는데, 자네 덕에 내 속이 다 후련하더구만."

비은이 치켜세우자 조금 부끄러웠던지 장춘달이 어색하게 웃으며 술잔을 받아 마셨다.

"참, 아까 급한 일이 있다 하지 않으셨습니까?"

"아! 하하! 깊이 생각하지 말게. 그때야 자네가 처한 상황을 모면케 하느라 그랬지."

"그런 것이었군요. 이거 감사를 드려야겠습니다."

"감사는 무슨… 그보다 내 부탁이 있는데 들어주겠는가?"

"부탁이요?"

비은의 나지막한 말에 장춘달이 관심을 보였다.

"아, 들어보고 아니다 싶으면 모른 척해도 되네."

"아닙니다. 돈 빌려달라는 부탁 빼고는 들어드리지요."

장춘달이 눈을 찡긋거리며 말하자 비은이 크게 웃음을 터뜨렸다.

"뭐? 허, 이 사람, 거지가 무슨 돈이 필요하겠는가?"

한참을 껄껄거리며 웃던 비은이 헛기침을 하며 장춘달에게 소곤거리듯이 말했다.

"크흠. 나와 대련 한번만 해주게."

"예? 대… 련이요?"

"그래. 부끄러운 말이지만 자네의 그 엄청난 무공을 봤더니 피가 끓어서 말이야."

비은이 어색하게 웃었다.

그런 비은의 모습에 장춘달이 멀뚱거리며 쳐다보는데 철후가 무릎을 치며 웃었다.

"스승님도 참, 하여간 그 호승심은 알아드려야 한다니까요. 장 소협, 이해하시죠. 우리 스승님께서는 원래 무공이 강한 사람을 보면 저렇게 대련을 하자고 하신다니까요. 사내라면 자고로 술잔과 주먹을 나누어봐야 한다고 생각하는 분이라……."

"아!"

그제야 장춘달이 처음 보는 자신을 데려와 한참이나 술을 건네고 치켜세웠는지 알게 되었다.

장춘달이 자리에서 일어나며 수긍하듯이 거리를 두자 비은의 얼굴에 환한 웃음이 생겨났다.

"자! 주목!"

철후의 고함에 반쯤 술에 취해 왁자지껄 떠들고 있던 걸인들이 고개를 돌렸다.

"중앙을 비워라! 사부님께서 장 소협과 잠시 대련을 가진다고 하신다!"

철후의 말에 걸인들은 너나 할 것 없이 일어나 탁자며 의자를 순식간에 치워내고 주위에 둥글게 앉았다.

“허허, 이것 참. 어쨌든 고맙네. 못났다 탓하지 마시게.”

“별말씀을요.”

비은이 뒷머리를 긁적거리자 장춘달이 고개를 내저었다.

“자, 그럼 잘 부탁하네. 개방의 비은일세.”

“알고 있습니다.”

“…….”

당연한 대답에 비은이 순간 말문이 막혔다가 가르쳐 주듯이 말했다.

“이 사람, 대련이 처음인가 보구만. 원래 예의상 대련 전에 자신의 이름을 밝히는 것이라네.”

“아! 죄송합니다. 장춘달입니다.”

장춘달이 살짝 얼굴을 붉히며 포권을 하자 그 때 묻지 않은 모습에 비은이 미소를 지으며 자세를 잡았다.

“내가 사용할 것은 용음십이수이네.”

“…….”

“응? 자네 무공은 안 밝힐 참인가?”

“예? 아, 그게… 특별한 이름이 없어서…….”

“뭐?”

“그냥 매일 얼어맞아 가며 익힌 기술이라……. 굳이 말하자면 몸 움직이는 법에 주먹 쓰는 법이라고만…….”

장춘달의 대답에 멍한 표정을 짓던 비은이 너털웃음을 터뜨렸다.

“허, 하긴 무공을 쉽게 표현하자면 그리되겠구만그래. 알겠네. 그럼 그리 알고 시작하지.”

“예.”

한참이나 웃던 비은이 자세를 잡고 천천히 공력을 일으키자 왁자지껄하던 분위기가 순식간에 가라앉고 싸늘한 침묵이 흘렀다.

비은의 몸에서 서서히 일어난 기운이 그의 손을 따라 흘러 청화당 연회장 안을 가득 채우며 존재감을 드러내었다.

술에 취해 있던 능소화가 반쯤 감긴 눈으로 비은을 쳐다보았다.

‘저 노인… 비은이라는 이름이었지.’

비은의 몸에서 흘러나오는 패도적인 기운에 능소화의 표정이 딱딱하게 굳었다.

비은이라는 이름은 수차례 들어본 적이 있다. 하지만 그 이름이 어둠 속에서 일하는 밀자들에게서 나온 것이라 크게 관심을 두지 않았었다.

‘굉장한 투기다. 거의 대장로 급이군. 한낱 밀자가 저만한 힘을 가지고 있다니…….’

능소화가 굳을 얼굴로 비은을 바라보는 사이 장춘달 역시 마음속으로 놀라고 있었다.

철각 왕천일과 주먹을 맞부딪쳤을 때만 해도 그만한 무인이 있다는 것에 놀랐는데, 비은이라는 노인의 기운은 살이 떨려올 정도로 엄청났다. 그가 일으킨 기운이 마치 온몸을 짓눌러 오는 것만 같았다.

"무시무시한 기운이네요."

장춘달이 진심 어린 감탄사를 흘리며 비은을 쳐다보았다.

"벌써 놀라는 겐가? 이 정도로는 이르네. 자, 그럼 시작해 보세!"

천천히 주먹을 말아 쥐던 비은이 뒷발을 차며 급작스럽게 장춘달을 향해 쇄도해 들었다.

마치 순식간에 공간을 뛰어넘어 온 것처럼 비은의 얼굴이 한 자 앞에서 나타나 주먹을 휘둘러오자 장춘달이 헛바람을 집어삼키며 허리를 젖혔다.

비은의 주먹이 장춘달의 코끝을 스치며 지나갔다.

"큭!"

단지 스쳤을 뿐인데 아릿한 충격과 함께 풍압이 장춘달의 얼굴을 강타했다. 하지만 놀랄 새도 없이 몸을 회전시킨 비은이 뒷발을 내질러 오고 있었다.

쩡!

미처 피할 시간이 되지 않았던 장춘달이 양팔을 십자로 버티며 그의 발을 막았고, 맞부딪치며 생겨난 소음이 청화당을 울렸다.

밀려난 장춘달이 정신을 차릴 새도 없이 비은의 주먹이 장춘달의 요혈을 노리고 날아들었다.

‘헉!’

이제까지 자신보다 강한 자를 만나보지 못한 장춘달이었기에 그 놀람은 더욱 컸다. 장춘달은 비은에게서 자신을 가르쳤던 미친 노인의 모습을 떠올렸다.

뻐버벅!

비은의 주먹이 장춘달의 온몸을 두들기고 지나갔다.

“이 사람! 그리 양보하지 않아도 되네!”

무엇이 그리 즐거운지 비은이 웃음을 터뜨리며 물러남과 동시에 쾌속하게 주먹을 뻗어왔다.

‘큭! 엄청난…….’

복부에 비은의 발이 틀어박히자 장춘달이 허리를 숙이고 물러났다.

비은의 움직임은 눈을 쫓을 수조차 없이 빠르고 강했기 때문에 장춘달은 속수무책으로 당할 수밖에 없었다.

“으드득!”

계속해서 얻어맞기만 하자 살짝 화가 난 장춘달이 깊이 숨을 들이쉬었다. 호흡이 자연스럽게 흐르고 순식간에 온몸을 휘감아 돌자 장춘달은 온몸이 가벼워지는 듯한 기분을 느꼈다.

“자, 또 가네!”

비은이 손을 휘젓자 수십여 개의 잔영이 만들어지며 장춘달을 향해 날아갔다.

“하아압!”

우레와 같은 기합성과 함께 장춘달이 오른발을 내리밟으며 허리춤에 당겼던 주먹을 뻗었다.

쩡!

장춘달의 진각에 청화당의 마룻바닥이 충격을 이기지 못하고 거미줄처럼 갈라져 튀어 올랐고, 충격파가 너울지듯 사방으로 퍼져 나갔다.

“우웃!”

자신이 만들어낸 손바닥의 잔영들이 충격파에 사라진 것에 놀란 비은은 쾌속하게 찔러들어 오는 장춘달의 주먹에 기겁을 하며 손을 내저었다.

장춘달의 주먹과 비은의 손이 허공에서 부딪쳤다.

“큭!”

장춘달의 주먹에 비은은 경기공으로 보호했음에도 손목이 시큰거려 옴을 느꼈다.

‘뭔 놈의 주먹이…….’

놀랄 새도 없이 지면을 스치듯이 발을 내디딘 장춘달이 순식간에 비은의 측면을 파고들며 주먹을 내질러 왔다.

‘헉!’

장춘달의 주먹이 옆구리를 노리고 들어오자 비은은 팔꿈치를 내려 막았다.

쩡!

‘커억!’

비은의 표정이 고통으로 일그러졌다.

주먹을 막은 팔꿈치가 박살 나는 듯한 고통이 밀려왔고, 몸이 한 자나 떠올라 버리자 비은의 얼굴이 당혹감으로 물들었다. 순수한 권법과 몸놀림만으로 그 정도의 위력을 보인다는 것이 믿기지 않았다.

‘이런, 낭패다!’

두 발이 지면에서 떠올라 도망칠 곳조차 없게 된 비은을 향해 장춘달의 일장이 직선으로 뻗어졌다.

팡!

일장에 가슴을 얻어맞은 비은의 몸이 화살처럼 튕겨 나가 벽면에 처박혔다.

“스승님!”

철후가 깜짝 놀라 일어서서는 비은이 처박힌 곳을 쳐다보았다. 하지만 그곳에 비은은 쓰러져 있지 않았다.

비은은 벽면에 처박히려는 순간 공중재비를 돌며 벽을 밟고 허공으로 몸을 솟구쳐 올렸다가 장춘달을 향해 일장을 후려치며 떨어져 내렸다.

비은이 내지른 일장에 막대한 경력이 몰려들어 있음에도 장춘달은 아랑곳하지 않고 주먹을 뻗었다.

꾸웅!

비은의 일장에 실린 내기와 장춘달의 주먹이 부딪치며 생겨난 충격의 여파가 사방으로 퍼져 나갔다.

"크윽!"

공격한 쪽은 비은인데 도리어 그가 낭패를 당한 표정에 손목을 쥐고 주춤거리며 물러나는데, 괴물 같은 장춘달이 언제 접근했는지 벌써 주먹을 뻗어오고 있었다.

"그, 그만!"

비은이 두 눈을 질끈 감으며 외치자 재차 공격을 하려던 장춘달이 비은의 얼굴 한 치 앞에서 주먹을 멈추고 물러났다.

"아니, 왜요? 이제 막 재미있어지려던 참인데……."

"아니, 이 사람! 노인을 후려 팰 참이던가? 자네 주먹에 온 몸이 다 욱신거리네."

"예? 설마요. 거의 다 막아내시고는……."

"예끼, 이 사람. 자네 주먹이 막는다고 막혀지는 것인가? 무슨 쇠망치에 맞은 듯하구만."

비은이 억울하다는 표정을 지으며 바닥에 털썩 기대고 앉았다.

멀리서 지켜보던 능소화가 이채를 발했다.

'어째서… 흠… 뭐… 괜찮으려나?

능소화는 술에 취해 있음에도 둘의 싸움을 한순간도 놓치지 않았다.

분명 처음 공력을 끌어올리던 때와는 전혀 다른 비은의 모습이었다. 하지만 능소화는 금세 생각을 접어버리고 술잔을 들이켰다.

'맛있네. 뭘로 만든 거지? 하여간 교에서도 이런 술을 좀 만들면 밖에 나올 일이 줄어들 텐데…….'

능소화가 관심을 끊고 술을 마시는 사이 바닥에 기대앉은 비은이 앓는 소리를 하며 장춘달을 쳐다보았다.

"아이구, 허리야. 괜한 대련 잘못했다가 몸살 나겠어. 굉장한 실력이구만그래. 그런데 그게 본 실력인가?"

"예? 그야… 혹시 다치실까 싶어서 반의반 정도?"

"……!"

머쓱한 얼굴로 머리를 긁적거리며 웃는 장춘달의 말에 비은은 물론이거니와 철후와 개방의 걸인들어 믿을 수 없다는 표정을 지었다.

비은이 누구던가?

하는 일이야 개방의 정보개지만 한때 개방 후개로까지 거론되었던 인물이고, 그의 일신 무공은 개방주와 비슷하다고 알려져 있다. 그런데 그런 비은을 이긴 실력이 본신의 반의반 정도라니 어찌 놀랍지 않겠는가?

"허, 내 눈도 썩었구만, 썩었어. 이무기 정도 되는 줄 알았더니 용을 만났구만, 용을 만났어."

"예?"

"칭찬일세, 칭찬이야. 자네, 금섬상단이라 했지?"

"예."

“허허, 앞으로 잘 부탁하네. 내 자주 왕래함세.”

비은이 너털웃음을 터뜨리며 장춘달에게 어깨동무를 하며 앉았다.

“자, 한잔 받게.”

“예, 어르신.”

“어허! 이 사람, 무인 간에 주먹까지 나누었는데 어른이 웬 말인가? 형님이라고 부르게!”

“예? 하지만 나이 차가…….”

“이 사람이 그래도? 나이가 대수던가? 무인은 실력이 곧 나이일세.”

“…….”

자신의 아비뻘 되는 비은의 말에 물끄러미 쳐다보던 장춘달이 웃음을 터뜨리며 술잔을 두 손으로 받았다.

“예, 형님.”

“암! 당연히 그리 불러야지. 암! 카하하하! 오늘따라 술맛 좋구만!”

청화당 안에는 다시금 술판이 시작되었다.

대련 이후에 더욱 기분이 좋아진 비은은 혀가 꼬부라질 정도로 많은 술을 들이켰고, 그 모습이 소탈해 보여서 장춘달의 기분 또한 덩달아 좋아졌다.

비워진 술동이가 열 개를 넘어설 무렵 장춘달이 마지막 잔을 비우고는 자리를 털고 일어났다.,

"에에잉? 버써 가려구우? 딸꾹."

눈이 반쯤 감긴 비은이 혀 꼬부라진 소리로 물었다.

"예, 가야지요. 일행이 저 모양이라……."

장춘달이 고개를 돌려 윤자기와 능소화를 쳐다보았다.

걸인들과 술을 겨루다가 완전히 뻗어버린 능소화는 정신을 차리지 못하고 있었고, 윤자기는 했던 말을 반복하며 걸인 하나를 잡고 자신의 신세 한탄을 하고 있었다.

"이러케 가믄 또 언제 보나?"

비은이 잡고 싶은 마음에 묻자 장춘달이 능소화를 둘러메고 윤자기를 부축해 일으키며 히죽 웃었다.

"언제든 찾아오십시오. 어르… 아니, 형님이라면 언제든 환영입니다."

"암, 언제든지 차자감세. 딸꾹. 내 사처네 자네 보러 꼭 갈 테니 도망가믄 아라서 해."

"예. 그럼 이만."

장춘달이 기분 좋은 미소를 짓고는 청화당을 빠져나갔다.

장춘달의 발소리가 완전히 잦아들고 멀어지자 청화당 안에서 술에 곯아떨어져 있던 걸인들이 하나둘씩 일어났다.

"뒤를 붙일까요?"

철후가 비은을 향해 물었다.

조금 전까지 술에 취해 있었다고 하기에는 너무나 멀쩡한 모습이었다. 그것은 비은도 마찬가지였다. 장춘달이 나간 방

향을 바라보고 있던 비은이 걸인들의 모습에 옅은 미소를 띠
었다.

"눈치채었더냐?"

"예. 늘 실력을 감추시던 사부님께서 갑자기 대련을 하자
고 나서실 때부터……."

"후후, 그랬더냐."

비은이 눈웃음을 만들었다.

"어떠하더냐?"

"윤자기라는 자의 말투나 행동거지로 보아 사파 쪽이 분명
합니다. 특별히 내공이나 무공이 강한 것은 아니고… 그의 말
에 따르면 도모꾼이었던 것 같습니다."

"흐흠, 여아는 알아보겠더냐?"

"예. 분명 마교의 소교주 능소화입니다."

"확실하냐?"

"예."

철후의 계속된 보고에 비은이 고개를 끄덕였다.

"그보다 그의 말이 사실일까요? 사부님과의 대련에서 보여
준 것만으로도 저의 수준이었습니다."

"안다."

"그의 말대로 자신의 진짜 실력이 사부님의 본 실력과 비
등하다는 말이지 않겠습니까?"

"글쎄… 그렇겠지."

비은의 말에 철후가 믿을 수 없다는 얼굴로 고개를 내저었다.

"그럴 수가……."

"아니, 사실일 것이다. 내가 아무리 실력을 감추었다고는 하나 그의 주먹에 실린 힘은 진짜였다. 더구나 거짓말을 할 자가 아니었다. 그의 눈빛에 떠오른 것은 진실이었다."

"음."

아무리 스승의 말이지만 철후는 믿을 수가 없었다.

철후의 그런 생각을 뒤로하고 비은이 입가에 알 수 없는 미소를 지었다.

'금섬상단이라……. 재미있는 곳이구나.'

잠시 생각을 정리하는 비은을 향해 철후가 물었다.

"어찌할까요? 맹에 알릴까요?"

"아니다. 괜스레 일을 크게 만들 필요 없다."

"하지만… 마교의 소교주가……."

"괜찮다. 해를 끼치러 오거나 정탐을 하러 온 것으로는 보이지 않았으니. 그보다, 철후야."

"예, 스승님."

"사천에 일러 금섬상단을 유심히 살펴보라 해라."

"금섬상단을요?"

"그래. 섣불리 간섭할 생각은 하지 말고 동향만 파악하라 일러라. 무리하게 접근하지 말라 하고, 혹여나 잘못될 경우에

는 장춘달이라는 아이를 찾아 내 이름을 들먹이고 전할 것이
있다 하거라. 친분을 만들었으니 의심을 하진 않겠지.”

“예.”

비은의 명에 철후가 공손하게 대답했다.

‘금섬상단이라……. 마교의 소교주에 사파의 도모꾼, 그리
고… 그의 무공과 비슷한 것을 사용하는 자라……. 장춘달이
라 했던가? 후후, 금섬상단, 평범한 곳은 아니렸다. 필히 조사
를 해봐야겠군.’

비은과 그의 수하들이 나눈 대화에 대해서 꿈에도 알지 못
한 채 장춘달은 능소화와 윤자기를 끌고 금섬상단이 묵고 있
는 객당으로 돌아왔다.

“제기랄! 더럽게 무겁네.”

장춘달이 능소화를 바닥에 던져 놓으며 투덜거리는 모습
에 잠에서 깨어 밖을 서성거리던 만생 노인이 다가왔다.

“뭔 일… 아이구, 냄새야! 술 처먹었냐?”

“…….”

장춘달이 만생 노인을 힐끗 쳐다보고는 풀썩 주저앉았다.

“이게 뭐야? 애한테도 술을 처먹인 거야?”

만생 노인이 바닥에 쓰러져 있는 능소화를 쳐다보고는 눈
을 치켜뜨고 장춘달을 흘겨보았다.

“잘하는 짓이다. 이제는 하다하다 애한테 술을 처먹이냐?”

“…….”

“네놈은 어째 하는 짓이 그 모양이냐? 호위를 하러 왔으면 집중해서 제 할 일을 해야지, 애를 꼬드겨서 술이나 처먹으러 돌아다니고. 쯧쯧.”

만생 노인의 잔소리가 시작되자 장춘달의 이마에 작은 힘줄이 돋아 올랐다.

“이런, 젠장! 내가 먹였소, 지가 처먹었지? 지가 처먹고 뻗은 걸 왜 나한테 지랄이야, 지랄이! 가만히 노니까 심심하쇼?”

“뭐야, 이놈아? 어따 대고 쌍심지를 돋우냐!”

만생 노인이 목에 핏대를 세우며 소리를 지르자 장춘달은 방금 전까지 좋았던 기분이 완전히 날아가 버렸다. 그냥 가볍게 주먹을 놀려서 재워 버릴까 하는 충동을 느끼는데 객당의 바깥쪽 문이 열리고 유금척과 곽철이 돌아왔다.

“아, 이제 오는가?”

장춘달이 주먹을 들어 올리는데 만생 노인이 유금척을 향해 다가갔다.

‘이런 쌍…….’

장춘달이 아랫입술을 깨물고 애써 화를 삭이려는데 만생 노인이 다시 한 번 속을 긁어놓았다.

“이보게, 단주. 도대체 아랫것들 관리를 어찌하는 것인가?”

"예?"

"저보게. 애한테 술을 처먹여 놔서 정신을 차리지도 못하게 하고 호위라는 놈이 술이나 처먹고……."

만생 노인의 말에 장춘달이 주먹을 떨었다.

"하하, 그런 일이 있었습니까? 괜찮습니다. 정도무림맹에서 무슨 일이 생기는 것도 아니고 호위가 필요한 일도 없으니 가끔 술도 한잔하면 좋은 게지요."

"허, 이 사람… 쯧쯧. 그리 물러 터져서야. 하여간 자네는 정이 많아서 큰일일세."

"하하, 그렇습니까?"

만생 노인의 핀잔에 유금척이 머쓱해하며 머리를 긁적거렸다.

"그보다 단주님, 정도맹주가 뭐라고 하던가요? 연가전장과 자 단주까지 온 것을 보면 술이나 먹자고 부른 것은 아닐 텐데요."

곽철이 조심스럽게 말을 꺼내자 만생 노인과 장춘달이 유금척을 바라보았다.

"음."

곽철의 물음에 유금척의 얼굴에 웃음기가 사라지고 무표정하게 변했다.

"힘을 모아달라고 하더군."

"힘이라면?"

"상인이 가진 힘이라면 금력이지 않겠는가."

"설마 연가전장과 자 단주의 금력까지 말입니까?"

"그렇게 말했네."

"……."

곽철은 할 말을 잃어버렸고, 만생 노인은 약간 놀란 표정을 지었다. 그것이 무엇을 의미하는지 정확히 알지 못하는 장춘달만이 영문을 몰라 했다.

"사사련과 마교가 가만있을까요?"

"글쎄… 정도맹주가 쉽게 꺼낸 말은 아닐 텐데… 어쩌면 그런 말을 할 수 있는 무언가가 있는 듯하네."

유금척의 말에 만생 노인이 물었다.

"자네의 뜻은 어떠한가?"

"아직 모르겠습니다. 어찌해야 할지……."

유금척의 얼굴 표정이 무거워졌다.

"일단 돌아가야겠습니다. 맹주는 아직 결정까지 시간이 있을 것이라 했습니다. 돌아가서 그들이 노리는 것이 무엇인지를 알아야겠습니다. 오늘은 일찍들 주무십시오. 내일 사천까지 가야 하니……."

第四章
여우 같은 년이…

중원상왕

다음날.

　정도무림맹을 찾았던 상단들이 돌아갈 채비를 했다.

　유금척은 연조평과 자소천에게 인사를 고하고 후일 다시 만날 것을 기약하며 일행이 있는 곳으로 돌아왔다.

　짐이라고 해봐야 몸뿐이니 행장을 꾸리는 데는 시간이 얼마 들지 않았다.

　올 때와 마찬가지로 청죽단이 호위를 준비하고 있었고, 몸이 성치 않아 의약전에 누운 남궁한을 대신해 조량이 수하 열을 이끌고 행장을 점검하고 있었다.

　유금척이 마차에 오르고 일행이 정도무림맹을 나서려는데

안쪽에서 다부진 중년인과 아리따운 여인이 말을 타고 헐레벌떡 뛰어오고 있었다.

“멈추게!”

조량이 외침을 따라 고개를 돌렸다가 뛰어온 인물을 보고는 급히 말에서 내렸다.

“철각 대협이 아니십니까?”

“아, 청죽대의 부대주구만. 내 남궁 대주가 다쳤다는 이야기는 들었네.”

“예. 그래서 제가 이번 금섬상단의 호위대장을 맡았습니다.”

“호오, 그래? 다행이구만.”

“예?”

조량의 물음에 왕천일은 대답하지 않고 마차에 앉은 유금척에게로 다가갔다.

“정도무림맹의 철각입니다.”

철각이 포권을 하며 인사를 하자 유금척이 마차에서 내려 그 인사를 공손하게 받았다.

“강호에 이름이 높으신 철각 대협을 뵙습니다.”

“아닙니다. 별말씀을…….”

“한데, 어쩐 일로?”

초량이 묻고 싶었던 말을 유금척이 대신해서 묻자 청죽대 무인들의 시선이 왕천일을 향했다.

“아, 다른 것이 아니라 이번 호위에 제가 끼게 되었습니다.”

“예?”

“철각 대협, 그게 무슨 말이십니까?”

유금척은 둘째 치고 조량이 깜짝 놀랐다.

“말 그대로네. 오는 길에 수적들이 금섬상단주를 노린다는 말에 내 맹주께 급히 신청을 하였네. 자네들의 실력을 믿지 못하는 것은 아니네만 남궁 대주가 그 모양이 될 정도이니 좀 더 안전을 기하려는 게지.”

“…….”

조량은 왕천일의 말에 두 눈을 동그랗게 떴다.

철각 왕천일은 상단 호위를 자처할 정도로 신분이 낮은 사람이 아니었다. 강호의 한 힘 한다는 가문들이 자신들의 자식이 그에게 배운다는 사실만으로도 고개를 끄덕일 만큼 뛰어난 무인이 바로 그였다.

철각이라는 명호는 정도무림뿐 아니라 사파, 마교에서도 인정할 만큼 뛰어난데 어째서 그가 한낱 상단 호위를 자처한단 말인가?

“이번에 사천까지 제가 안전하게 모시겠습니다.”

“예. 저로서는 감사한 일이지요. 철각 대협과 같은 분이 호위를 해주신다니 이런 호사가 어디 있겠습니까?”

유금척이 재차 포권을 하며 웃고는 철각과 함께 온 여인을 쳐다보았다.

다소곳한 궁장 차림에 옅은 화장까지 하고 있는 모습이 뭇 사내들의 마음을 설레게 할 정도로 아름다웠다.

"그나저나 이 소저는?"

"아, 모르십니까? 사천성에 계실 텐데……."

"예?"

유금척이 고개를 갸웃거리자 여인이 공손하게 고개를 숙이며 인사했다.

"동향이면서도 처음 뵙겠습니다. 당가의 소혜입니다."

"허, 소저가 그럼?"

"예. 사천의 안위를 맡은 녹혈당의 전 당주임에도 금섬상단의 단주님을 처음 뵙습니다. 미리 인사를 드렸어야 함인데……."

"아, 아닙니다. 오히려 제가 먼저 인사를 드렸어야지요. 한데 어찌?"

유금척이 어째서 그녀가 함께인지를 물으며 왕천일을 쳐다보았다.

"글쎄요. 무슨 생각인지 이번에 무인대를 모집하는 심사를 포기하고 사천으로 돌아간다고 하더군요. 가는 길이 같기에 함께 왔습니다."

"그렇군요."

유금척이 별 뜻 없이 고개를 주억거렸다.

호위가 늘어난다는 데야 크게 손해 볼 일은 없지 않겠는가?

"자, 그럼 마차에 오르시지요."

"예."

유금척이 마차에 오르고 나자 멍하니 서 있는 조량을 향해 왕천일이 낮은 음성으로 다그쳤다.

"이 사람 조 부대주, 무얼 그리 멍하니 서 있는 겐가? 금섬 상단주께서 기다리지 않는가? 서둘러 출발하세."

"예? 예."

완전히 상황이 파악되지 않았는지 어리둥절한 표정의 조량이 왕천일의 말에 손을 들어 일행을 출발시켰다.

전후좌우를 호위하는 행렬과 함께 금섬상단을 실은 마차가 정도무림맹을 벗어났다.

"그럼 저는 무슨 일이 생길 때까지 행렬의 뒤에 있겠습니다."

"예? 함께 타시지 않구요?"

"아닙니다. 무인이 어찌 마차를 타고 가겠습니까? 조금이라도 몸을 쓰는 것이 다 수련의 일환이지요."

"예. 그럼 그리하십시오."

왕천일은 유금척에게 인사를 하고 말을 몰아 행렬의 뒤로 이동했다.

사실 왕천일이 무인들의 훈련까지 빼먹고 맹주에게 부탁

을 해가며 금섬상단의 호위를 자처한 이유는 따로 있었다.

뒤쪽의 행렬을 이리저리 쳐다보던 왕천일은 자신의 목적을 발견하고 화색을 띠며 다가갔다.

“하하, 장 호위, 일전에는 실례가 많았네.”

왕천일이 웃으며 말을 걸자 장춘달이 힐끗 쳐다보고는 떨떠름한 표정을 지었다.

“됐습니다. 어차피 지난 일이고… 그다지 신경 쓰지 않았습니다.”

퉁명스러운 대답이었지만 왕천일이 다행이라는 표정을 지으며 안도의 한숨을 내쉬었다.

“이거 다행일세. 난 또 자네가 기분이 많이 좋지 않았으면 어쩌나 걱정을 했지 뭔가. 핫핫핫!”

왕천일이 갑자기 친한 척을 해오자 장춘달이 눈살을 찌푸리고 그를 쳐다보았다.

“내 당 소저에게 그날의 사정을 듣고 어찌나 미안하던지.”

왕천일이 호탕하게 웃으며 사과를 하자 장춘달이 말없이 옆에서 말을 몰고 있던 당소혜를 힐끗 쳐다보았다.

“……”

장춘달의 눈빛에 당소혜가 무표정한 얼굴로 가볍게 고개를 숙였다.

이내 그녀에게서 시선을 돌린 장춘달은 왕천일의 호쾌한 웃음에 지난 일로 마음속에 남아 있던 언짢음이 한풀 꺾였는지 그의 물음에 조금씩 대답하며 기분 좋게 대화를 나누었다.

"응? 왜 그러냐?"

마차에 반쯤 드러누워 술병을 입가로 가져가던 만생 노인이 능소화를 쳐다보았다. 시선을 한곳에 집중하고 뾰로통한 표정을 짓고 있었다.

"아니에요. 그냥……."

아무 일도 아닌 것처럼 말했지만 퉁명스러운 목소리에 이상함을 느낀 만생 노인이 능소화의 시선을 따라 고개를 돌렸다.

능소화의 시선이 닿은 곳에는 왕천일과 장춘달이 대화를 나누는 모습이 보였다. 왕천일이 끼기는 했지만 평소와 전혀 달라 보이지 않았는데 어째서 능소화의 표정이 그러할까를 고민하던 만생 노인은 무언가 부조화스러움에 장춘달의 주변을 슬쩍 쳐다보았다.

'응?

방금 전 왕천일과 함께 온 여인이 일행에 끼어 있었다.

처음에는 자세히 보지 못했지만 능소화의 시선을 따라 시선을 집중해 보니 제법 반반한 얼굴이라는 것을 알 수 있었다. 콧날이 오뚝하게 솟아 도도해 보이는 표정의 당소혜는 뭇 사내들의 방심을 흔들어놓을 정도로 아름다웠고 말의 움직임에 언뜻언뜻 드러나는 몸의 굴곡이 완연히 성장한 여인의 그

것이었다.

또한 잘 갈무리된 기도를 보니 여인의 몸임에도 제법 잘 다듬어진 실력을 가지고 있어 보였다.

'분명 당가의 아이라 했지?

만생 노인은 그제야 능소화의 시선이 장춘달이 아니라 당소혜에게 향해 있음을 알 수 있었다.

'호오?

왜인지는 모르지만 당소혜를 바라보는 능소화의 시선에서 묘한 분위기를 느낀 만생 노인이 당소혜와 능소화의 얼굴을 번갈아 처다보았다.

'허! 설마… 이 아이가?

사실 완연한 여인의 향기를 풍기는 당소혜와 능소화는 사내들의 눈으로 보자면 많은 차이가 있어 보였다.

앙증맞고 귀여운 소녀이기는 했지만 아직까지 젖살이 다 빠지지 않아 어리게만 보이는 능소화와는 달리 옅은 화장까지 한 다 자란 당소혜의 모습은 자신이 보아도 혹할 만했기 때문이다.

"단주님."

한참을 처다보던 능소화가 유금척을 불렀다.

"예? 왜 그러시오?"

정도무림인들이 함께 있는 자리라 차마 소교주라는 직함으로 부르지 못한 유금척이 대답했다.

“저 여인은 누구죠?”

“누구?”

능소화의 손가락을 따라 유금척이 시선을 돌렸다.

“당 소저 말이군요. 들으셨지 않습니까? 당가의 직계손입니다. 사천 땅에 살면서도 저도 처음 보았지요. 이것 참.”

“이름은 알아요. 신분도 알구요. 연무장에서도 봤고, 그전에도 한번 봤으니까.”

“예?”

알면서 왜 묻는단 말인가?

유금척이 능소화가 묻는 진의를 알지 못해 어리둥절한 표정을 지었다.

“저 여자가 어째서 일행과 함께하는 거죠?”

“아, 사천으로 돌아간다 했지요. 이번에 정도무림맹에서 무인대를 모집하느라 심사에 참가한 모양인데. 그러고 보면 맹주의 말대로 이번 심사의 수준이 꽤나 높았던 모양입니다. 당소혜라면 사천당가가 자랑하는 녹혈당을 이끌 정도로 뛰어난 여걸인데…….”

뒷말은 능소화에게 들리지 않았다.

그녀는 왠지 상당히 언짢은 표정으로 당소혜에게 시선을 집중하고 있었다.

‘허, 설마가 아닌 모양이구만. 그것 참, 도대체 무엇 때문에……. 복도 많은 놈이다, 복도 많은 놈이야. 싸가지없는 것과 뛰어난 무공을 배웠다는 것 외에는 아무것도 없는 촌놈인데. 가만, 언제부터지? 함께한 것이 고작 몇 날 되지 않는데……. 어쨌든 이것도 재미있겠구만. 마도의 소교주에 당가의 직계손이라, 상당한 연적이 되겠어.'

만생 노인이 술병을 내리고 야릇한 미소를 지었다.

"하하, 만생 어른, 무슨 생각을 하시기에 그리 기분 좋은 미소를 지으십니까?"

눈치없는 유금척이 묻자 만생 노인이 그를 물끄러미 쳐다보다 한숨을 내쉰다.

"쯧쯧, 멍청하기는. 이렇게 눈치없는 놈이 상단주라니……."

"예?"

"됐네. 신경 끄시게. 그런 눈치를 가지고 상단을 이끄는데 어째서 금섬상단이 그리 성장하는질 모르겠구만."

"……."

"학천이 그 친구가 자식 놈을 어찌 가르쳤는지……."

"그게 무슨 말씀이신지……."

"멍청한 상단주야, 그러니 자네가 아직 혼자인 게야."

만생 노인이 혀를 차며 나무라자 유금척이 영문을 몰라 했다.

능소화는 둘의 대화 따위는 들리지도 않는지 당소혜에게 시선을 뗄 줄을 몰랐다.

'당가의 여인이라······.'

왠지는 모르지만 능소화는 당소혜가 지독하게 싫어졌다.

2

장강은 예로부터 동에서 서를 이어주고 있어 여행을 하거나 먼 길을 떠나는 이들에게 매우 유용한 길이 되어주었다. 뿐만 아니라 상인들에게 있어서 장강은 운송비를 줄일 수 있는 최대의 운송로였다.

육로를 따라 이동하자면 수많은 말과 수레, 호위하는 이에 물건을 나르는 짐꾼까지 필요했고 도처에 위험이 도사리다 보니 가까운 거리가 아니라면 운송료가 만만치 않았던 것이다.

한데 장강을 이용하면 뱃삯만 있으면 되었고, 배 한 척에 수레 다섯 대 이상 분량의 짐을 싣고 다닐 수 있으니 육로로 가는 것보다 운송료가 반 이상 절약되었다. 그돈이 절약된다는 데 상인들이 마다할 리 없었다. 웃돈을 주어도 육로보다 싸니 너나 할 것 없이 장강으로 몰려들었다. 장강이 수로라는 이름이 된 것은 그때부터였다.

한데 그렇게 돈이 몰리다 보니 자연적으로 불법적인 단체가 생겨났는데, 그들이 바로 수적 떼였다.

초기의 수적 떼는 뗏목을 타고 접근해 돈을 뜯거나 물건을 홈쳐 가는 유형이었으나 시간이 흘러 막대한 이익이 나게 되자 하나의 무리가 생겨나게 되었다.

그 무리를 처음 만든 것이 바로 임추라는 무인인데, 장강 곳곳에 존재하는 수적들의 무릎을 꿇리고 수적의 제왕으로 군림하게 되었다.

그는 수적들을 하나로 묶어 '장강수로연합' 을 결성했고, 그것이 지금의 장강을 지배하는 장강수로채의 전신이 되었다.

장강의 수많은 호수 중 호북성 무한(武漢)에 위치한 동호(東湖).

수려한 강의 풍경도 사람들의 입을 오르내렸지만 동호가 유명한 것은 풍광 때문이 아니라 그곳에 자리 잡고 있는 한 단체 때문이었다.

장강 수적들의 우두머리가 있는 곳.

장강수로채의 본채가 있는 곳이 바로 무한성 동호였다.

"이런 씨앙!"

욕설을 담은 목소리가 수상 가옥을 쩌렁쩌렁 울렸다.

나무를 엮어 만든 의자에 앉은 노인이 손에 들고 있던 수저를 바닥에 거칠게 내던졌다. 나무로 만들어진 수저가 바닥을 이루는 통나무에 깊숙이 박혔다.

노인은 무척이나 험상궂은 인상으로 쭈뼛거리는 사내를

노려보았다.

노인이 분명한데 풀어헤친 상체 아래로 젊은이들처럼 굴곡이 완연할 정도로 탄탄한 가슴과 복부에는 임금 왕(王) 자를 닮은 근육이 깊은 계곡을 이루며 자리 잡고 있었다. 네모나게 각진 턱 선과 부리부리한 눈을 가진 노인은 부조화스럽게도 가슴까지 내려오는 탐스러운 백염을 기르고 있었다. 하지만 이곳에서 어느 누구도 노인의 부조화를 탓할 수가 없었다.

언뜻 보기에도 눈을 내리깔아야만 할 것 같은 인상을 가진 그가 바로 장강을 다스린다는 장강수로채 십육대 총재주 나척승이었다.

"어이, 모삼충이."

"예? 예, 채주님!"

나척승의 부름에 모삼충이 화들짝 놀라며 머리를 조아렸다.

"니 말이야, 내 눈에 안 뜨이는 곳에 있으면 안 되겠니?"

"……."

나척승의 말에 모삼충이 눈을 동그랗게 뜨고는 눈동자를 좌우로 굴리며 식은땀을 뻘뻘 흘렸다. 얼마 전 장춘달에게 당해 한쪽 팔이 부러지고 늑골이 세 대나 나가 버려서 거동조차 불편했지만 나척승의 앞에서는 아프단 말조차 하지 못했다.

그 이유는 바로 채주가 직접 내어준 흑룡선을 침몰시켰다는 것 때문이었다.

흑룡선은 장강 총채주의 분신과도 같은 것이었다.

그런데 장춘달의 주먹 한 방에 깔끔하게 침몰해 버렸고, 모삼충은 부하들에게 구조되어 본채로 돌아오게 되었다.

물론 흑룡선을 침몰시키고 돌아온 그가 총채주에게 안 죽은 것이 다행이었다. 나척승이 그의 주 무구인 월도를 들고 죽여 버리겠다고 길길이 날뛰는 것을 선주들이 막아 겨우 목숨을 부지할 수가 있었다.

"명색이 장강수로의 삼대호법이라는 놈이 고작 상단과 정파 떨거지에게 당해서 빌빌거리다니… 에잉!"

나척승이 모삼충을 노려보다 고개를 돌려 버렸다.

"니 어디 짱박혀 있으면 안 되겠니? 니 얼굴만 보면 흑룡선이 생각나서 기분이 개판이 되거든? 그러니까 제발 내 눈에 좀 뜨이지 않았음 하는데… 니 생각은 어떠니?"

나척승이 어금니를 갈며 모삼충에게 말했다.

"죽여주십시오, 총채주. 속하, 다시 한 번 죄를 청합니다."

벌써 몇 번째인지는 모르지만 물에 빠져 죽다 살아온 뒤로 지금까지 수십 번도 더 무릎을 꿇고 사죄를 청하는 모삼충이었지만 나척승은 용서는커녕 치미는 화에 뇌를 향하던 핏줄이 터져 오를 것만 같았다.

"수적이란 놈이… 물에 빠져서 뒤질 뻔하지를 않나. 그래, 니 말 잘했다. 죽였어야 했지. 니, 빙신처럼 흑룡선 침몰시키고 돌아왔을 때 죽였어야 했지. 근데… 니 죽이면 장강에 가라앉은 흑룡선이 물에서 솟구쳐서 다시 돌아온다더니?”

“그건…….”

“내가 니 모가지 하나 못 따서 살려두는 줄 아나? 다른 선주들이 아니었으면 니는 벌써 죽어도 죽었으…….”

나척승이 화를 삭이며 주먹을 떨었다.

“죄송합니다.”

“죄송이고 나발이고, 니 얼굴 보고 있으면 밥맛 떨어져서 살이 빠질 거 같거든? 그라니까 제발 눈앞에서 좀 꺼져다오.”

“…….”

모삼충이 시무룩해져서는 그 큰 덩치로 어슬렁거리자 그 꼴을 보고 있던 나척승이 눈을 치켜뜨고 먹고 있던 밥그릇을 모삼충을 향해 던지며 소리를 질렀다.

“이런 씨앙! 꾸물거리지 말고 빨리 안 꺼질래!”

그릇이 깨지고 음식 찌꺼기가 사방으로 튀어나가자 모삼충이 쩔뚝거리는 발로 재빨리 문밖으로 도망쳤다.

“저 시팔! 빙신 같은 게! 에휴!”

나척승이 화가 풀리지 않는지 씩씩대며 숨을 몰아 내쉬었다.

“총채주.”

“뭐!”

문밖에서 모삼충과 같은 삼대호법 중 한 명인 마룡이 들어오며 부르자 화가 덜 풀린 나척승이 짜증을 내며 대답했다.

"그놈들, 정주를 떠났습니다. 아마 무한에서 배를 탈 것 같습니다."

"뭐, 어떤 놈들?"

나척승이 의자에 턱을 기대며 시큰둥하게 되물었다.

"그 있지 않습니까? 금섬상단이라는."

"……!"

금섬상단이라는 말이 나오자 나척승의 두 눈이 부릅떠지고 금세 핏발이 돋아 올랐다.

"금섬상단이라고?"

"예. 련에서 그쪽 상단주를 데려오라는 전언이 있어서 계속 감시 중인데 좀 전에 정주를 떠나 이쪽으로 향하고 있다는 보고를 받았습니다. 아마 수로를 이용할 생각인 모양입니다."

"그으래?"

나척승이 싸늘하게 웃으며 자신의 월도를 쥐고 허리춤에 채웠다.

"근데, 니 뭐 하니?"

"예?"

"금섬상단이라잖아."

"근데요."

"이런 썅! 애들 안 모을래? 흑룡선 그리 만든 놈들이 코앞으로 지나간다는데 눈 뜨고 보내줄래?"

"예? 치게요? 하지만 련에서……."

"아! 이런 썅! 확!"

나척승의 욕설에 마룡이 목을 움츠리며 찔끔거렸다.

"애들 다 불러 모아. 어떤 놈이기에 겁도 없이 우리 흑룡선에 손을 댔는지 내 직접 봐야겠어. 이 쌍놈새끼, 아주 땅을 치면서 후회하게 만들어주지. 련에서 내려온 전언은 상단주를 만나고 싶다고 했지, 어떤 모습으로 데려오라는 말은 안 했거든. 크크크. 개 쌍놈의 새끼들, 니들은 오늘 다 죽었어. 장강의 물이 얼마나 깊은지 알게 해주마. 크크크!"

*   *   *

정주를 떠나온 금섬상단 일행은 한참 만에 무한 인근의 이름없는 야산에 도착했다.

배를 타기 전 잠시 쉬어가기 위해 멈춘 것도 있지만, 배 위에 마차와 말을 싣고 갈 수가 없었기 때문에 일부 무인들은 행렬에서 빠져 마차와 말을 몰아 돌아갔다.

"곧 배를 타야 하니 잠시 쉬어가겠습니다. 일단 요기라도 하시지요."

조량은 정도무림맹의 배를 준비하기 위해 청죽대 무인들을 무한 나루로 먼저 보냈다.

"허허, 저희 상단의 배가 항시 대기 중에 있습니다. 그 편을 이용해도 되는 것인데……."

"아닙니다. 물론 금섬상단의 배와 비할 바가 있겠습니까만 맹주께서 특별히 돌아가는 길이 불편하지 않도록 하라 하셨습니다. 잠시만 기다리시면 본 맹에서 배가 준비될 것입니다. 또한 전선이라 수적들에게서 안전한 것도 있지요."

유금척의 말에 조량이 공손하게 답했다.

사천을 떠나올 때만 해도 상인이라 우습게 보았지만 장춘달의 경천동지할 무공을 본 이후에는 유금척을 대함에도 많이 변화된 모습을 보였다.

일행과 조금 떨어진 나무 아래에 자리를 잡은 장춘달은 배가 타는 것이 너무도 싫어서 짜증이 가득한 얼굴이었지만 그 편이 훨씬 빠르다는 사실을 알고 있었기 때문에 투덜거리기만 할 뿐 다른 말을 하진 못했다.

"제길……."

뱃멀미가 얼마나 힘든 것인지 두 차례나 경험했기에 한참을 고민하던 장춘달은 어쩔 수 없이 만생 노인에게 다가갔다.

만생 노인의 잔소리를 한 바가지나 들으며 참아야 하는 것은 성격에 맞지 않았지만 어쩌겠는가. 경험한 바에 의하면 만생 노인이 준 환약은 뱃멀미에는 특효였다.

예상했던 대로 '호위가 어떠네', '젊은 놈이 그리 약해서야' 등의 잔소리를 들으며 꾹꾹 참아낸 장춘달은 윤자기의

것까지 얻어와 나무 아래에 걸터앉으며 땅이 꺼지도록 한숨
을 내쉬었다.

"야!"

"예?"

짜증이 가득히 묻어나는 장춘달의 말에 윤자기가 대답했
다.

"혹시라도 다음에 또 배 탈 일이 있으면… 앞으론 니가 얻
어와."

"예."

"제길, 망할 노인네."

투덜거리며 환약을 털어 넣는 장춘달을 보며 이상하게 생
각했던 왕천일이 묻는다.

"어째 그러는가?"

왕천일의 물음에 장춘달이 환약을 씹으며 대답했다.

"뱃멀미 때문에……."

"엥? 뱃멀미? 자네 같은 고수가 뱃멀미를 한단 말인가?"

장춘달의 대답에 왕천일은 어이가 없었다.

무공을 익힌 고수라면 내공으로 뱃멀미를 다스릴 수도 있
었고, 무공을 익히며 발달한 균형 감각 때문에 배를 타도 멀
미를 하지 않았다. 한데 자신과 비등하거나 그 이상일지도 모
르는 무공을 가진 장춘달이 뱃멀미를 한다니 의아할 수밖에
없었다.

“그렇게 됐습니다. 제길, 뱃멀미를 고치든지 해야지 저 노인네 잔소리에 아주 성질이 나서…….”

장춘달이 투덜거리자 옆에서 듣고 있던 당소혜가 고개를 갸웃거리며 중얼거렸다.

“뱃멀미 약 정도라면 제조법이 간단한데. 저만한 고수도 뱃멀미를 하는군.”

“응?”

당소혜의 중얼거림은 옆 사람조차 듣기 힘들 정도로 작았지만 장춘달과 윤자기의 귀에는 천둥소리처럼 크게 들렸다.

“정말이야?”

장춘달과 윤자기가 이글거리는 눈으로 자신을 바라보자 당소혜가 흠칫 놀란 표정을 지으며 되물었다.

“무, 무엇을 말인가요?”

“뱃멀미 약 말이야. 만들기 쉬운 거였어?”

“예? 험험, 예.”

갑작스러운 반응에 당황한 당소혜가 헛기침을 하며 놀란 표정을 지웠다.

평소의 도도한 표정으로 돌아온 당소혜를 향해 장춘달이 기대감이 가득 찬 눈으로 바라보았다.

“저어, 가르쳐 주면 안 될까?”

“가르쳐요?”

“그래. 그 뱃멀미 약 만드는 방법.”

“아, 어렵지 않습니다. 간단한 진맥…….”

진맥이라는 말이 나옴과 동시에 장춘달이 팔뚝을 걷어 내밀자 당소혜가 실소를 흘렸다. 아무리 겁이 없고 강하다고는 하지만 무인이 타인에게 함부로 자신의 기맥을 잡을 수 있는 손목을 내민다는 것이 이해가 되지 않은 것이다.

주어진 기회는 제대로 활용하라고 배운 당소혜는 두말없이 장춘달의 손목을 잡고 눈을 감았다.

혹시나 장춘달이 자신의 의도를 눈치챌까 걱정하며 조심스럽게 자신의 기를 장춘달에게 밀어 넣었다.

그녀의 기가 밀려들어 가자 순식간에 나타난 해일 같은 기운이 그녀의 기운을 삼켜 버리며 흔적도 없이 사라졌다.

‘……!’

갑작스러운 반응에 깜짝 놀란 당소혜가 다시금 기를 밀어 넣어보았지만 그녀의 기는 또다시 흔적도 없이 사라졌다.

‘흡정? 아니야. 흡정과는 다르다. 마공이 아니야. 일어난 기운은 청량하기 그지없는데… 이상한 힘이군.’

많은 이의 기운을 살펴보았지만 장춘달과 같은 기운은 생전 처음이었다.

“제법 오래 걸리네?”

당소혜가 잠시 생각을 정리하는데 장춘달이 고개를 갸웃거렸다.

당소혜는 급히 손을 떼어내고 눈을 떴다.

"끝난 거야?"

"예, 끝났습니다."

"그럼 가르쳐 주는……?"

장춘달의 물음에 당소혜가 가볍게 고개를 끄덕거렸다.

당소혜의 대답에 장춘달이 득의양양한 모습으로 만생 노인을 쳐다보고 윤자기를 향해 고개를 돌렸다.

"흐흐흐. 자기, 잘됐다. 안 그래?"

"예, 공자님. 하하!"

자축이라도 하듯이 웃고 있는 장춘달이 자신을 쳐다보는 시선을 느낀 만생 노인이 코웃음을 쳤다.

"뭐가 저리 좋은 거지? 자식이 기분 나쁘게 쳐다보고 있어."

만생 노인이 투덜거리며 술병을 입으로 가져가는데 옆에 앉아 있던 능소화의 눈에서는 핏발이 돋아 올랐다.

무슨 대화를 나눈 것인지 당소혜를 좋지 않게 생각하던 장춘달이 그녀를 향해 환하게 웃고 있었다.

'여우 같은 년이… 감히… 무슨 수를 쓴 거지? 환희소소공조차 먹히지 않았는데…….'

능소화는 왠지 모르게 당소혜가 더욱더 싫어졌다.

장춘달이 기분 좋게 웃고 있는데 왕천일이 넌지시 물었다.

"이보게, 춘달이. 혹시 정도무림맹을 떠나오면서부터 따라

붙은 놈들을 알고 있는가? 자네가 아무 말 없기에 내 잠자코 있었네만 느껴지는 기운이 좋지 않아서…….”

왕천일이 뒤편 한쪽을 향해 눈을 찡그리자 장춘달이 같은 곳에 시선을 주었다가 피식 웃었다.

“예? 아, 신경 쓰지 마세요. 상단 무인은 아니지만 관계없는 놈들도 아니니까요.”

“아, 그런가?”

“예. 그보다는 아까부터 사방에서 몰려드는 놈들이 더 신경 쓰이긴 하네요.”

“응?”

장춘달의 말에 왕천일이 고개를 갸웃거렸다.

자신이 느낀 것은 분명 두 개의 큰 기운인데 사방에서 몰려드는 놈들이라니…….

잠시 후 장춘달이 말한 인물들의 정체가 곳곳에서 드러났다.

금섬상단 일행을 포위하듯이 사방에서 모습을 드러낸 이들은 짐승 털을 기워 붙인 옷에 상체를 훤히 드러내어 입고 저마다 큼지막한 무기를 들고 있었다.

검, 도, 창, 철퇴, 대부…….

잘 짜인 구성이라고 보기에는 급조한 티가 물씬 느껴지는 험악한 인상의 사내가 수십이었다.

“이것들은 뭐지?”

왕천일은 아직까지 모습을 드러내지 않은 두 개의 거대한 기운으로 신경 쓰지 않은 터였는데 생각보다 수가 많자 고개를 갸웃거렸다.

모습으로만 보면 분명 인근 산적 떼인 듯한데 어째서 정도무림맹의 기를 꽂은 자리에 나타난단 말인가?

"어이, 금섬상단이 맞나?"

산적으로 보이는 자들이 금섬상단을 완전히 둘러싸자 곰 같은 덩치를 지닌 텁석부리사내가 앞으로 나서며 호기롭게 물었다.

"누구냐?"

조량이 경계심이 가득한 눈으로 그를 쳐다보았다.

"나? 나는 이 산의 주인이지."

"산주? 산적이냐?"

"저런 배워먹지 못한 놈. 산적이 뭐냐, 산적이. 양산박의 호걸이라고 불러라, 이놈아."

곰 덩치의 사내가 혀를 차며 말하자 조량이 피식 웃었다.

"호걸은 무슨… 그나저나 녹림도당이 웬일인가? 이곳이 정도무림맹의 영역임을 모르지는 않을 텐데. 우리 청.죽.단.을 막아서는 이유는 뭐지?"

조량이 신분을 밝히듯이 청죽단의 한자 한자에 힘주어 말했다.

"알아, 청죽단인지. 모르고 왔을까 봐?"

곰 같은 사내의 뒤에서 백의에 섭선까지 들고 있는 사내가 앞으로 나서며 비웃었다.

“당신은?”

조량이 그의 얼굴을 알아보고는 깜짝 놀랐다.

날카롭게 뻗은 검미에 여인들의 방심을 흔들어놓을 정도로 잘생긴 얼굴을 한 사내는 사파 무림에서 꽤나 이름을 날리고 있는 화화공자 풍예후였다.

여자나 꼬드기고 다니지만 섭선을 이용한 그의 무공은 일절이라 알려져 있는 그가 어째서 녹림도를 이끌고 이곳에 나타났단 말인가?

“젠장, 총관의 명만 아니면 동정호에서 여자나 꼬시고 있을 텐데… 쯧쯧.”

풍예후가 곰 덩치의 사내를 흘겨보는데 그 뒤에서 또 한 명의 인물이 나타나며 풍예후를 나무랐다.

“왜? 우리랑 함께 오는 게 기분 나쁘냐?”

호쾌한 목소리의 주인은 어깨에 커다란 곤을 메고 있었다.

“설마? 맹호 도일출?”

곤을 멘 사내를 알아본 조량이 얼굴이 하얗게 질리며 뒷걸음질쳤다.

“뭐야? 고작 청죽대의 조량인가? 웃기지도 않는구만. 이런 놈들 때문에 모삼충이 그 뱃놈이 당해서 나를 가보라 한 거야?”

도일출이 이죽거리며 인상을 썼다.

'도대체… 금섬상단이 무엇이기에… 녹림 본채의 저 괴물까지…….'

조량이 잔뜩 긴장한 얼굴로 물러났다.

"어이, 조량이. 내가 누군지 알지? 긴말 않겠어. 금섬상단 주 넘겨."

"……."

도일출이 대놓고 강짜를 부렸지만 조량은 마른침만 삼키며 아무런 대답도 하지 않았다.

"어이, 내 말 안 들려?"

"그, 그럴 순 없소. 장강이 인근이기는 하지만 이곳은 정도무림의 영역이요!"

"지랄하고… 그냥 넘길 생각 없으면 곤에 엉덩짝 좀 맞고 꺼지던가."

"……."

조량과 청죽대의 무인들을 대놓고 무시하며 도일출이 한 걸음씩 다가서는데 조량의 앞으로 왕천일이 나서며 그들을 비웃었다.

"이게 누구야? 살쾡이 놈 아니야?"

"응? 뭐야? 너도 있었나?"

도일출이 친근한 사이처럼 알아보며 이죽거렸다.

"그래. 나도 있지. 근데 뭐라고? 곤이 어쩌고 엉덩짝이 어째?"

왕천일이 손가락을 꺾으며 버티자 도일출이 나서던 걸음을 멈추고 쳐다보았다.

"어쩐지 조량 저 모자란 놈이 뭘 믿고 있나 했더니 쇠다리였구만."

"믿을 만하니까 믿지."

왕천일이 도일출의 말을 지지 않고 받아쳤다.

가만히 왕천일을 쳐다보던 도일출이 피식 웃으며 말했다.

"우리는 금섬상단주만 있으면 돼. 그러니까 괜한 마찰 일으키지 말고 꺼져."

"그럴 수야 없지. 이쪽은 우리 손님이고 우리는 사천까지 안전하게 모셔가야 하거든."

"호오? 모셔? 쇠다리가 많이 변했네. 상단 따위에게 존칭이라니."

"존칭? 당연한 것 아닌가? 하긴 못 배워 처먹은 놈이 예의를 알 리가 있나."

"……"

왕천일이 비웃자 도일출이 미간을 찡그렸다.

"뭐, 좋아. 어차피 곱게 비켜줄 생각은 없는 거 같으니까. 안 그래도 네놈과 한번 붙어보고 싶었지. 그 물렁 다리가 어떻기에 쇠 같다는 말을 듣는지 말이야."

도일출이 어깨에서 곤을 내려 잡았다.

“흥, 네놈 곤과 함께 모가지 꺾어버리는 것은 일도 아니지.”

왕천일이 주먹을 쥐고 자세를 잡았다.

팽팽한 긴장감고 함께 대치하는 사이 섭선을 들고 있던 풍예후가 눈을 빛내며 당소혜에게로 다가갔다.

“호오, 이쁜데? 어때? 나랑 같이 놀지 않겠어?”

풍예후가 당소혜의 위아래를 쳐다보며 음심을 드러내자 당소혜가 수치감에 얼굴을 찡그리며 손을 들어 올렸다.

따귀라도 때리려 했던 것이지만 휘두른 그녀의 손은 풍예후에 의해 잡혀 버렸다.

“놔라, 이놈!”

당소혜가 앙칼진 목소리로 노려보며 손을 빼보려 했지만 그 명성대로 가진 무공이 예사롭진 않았는지 풍예후의 손아귀를 빠져나올 수는 없었다.

“역시 꽃엔 가시가 있어야지. 암, 화를 내니까 더 귀여운데?”

풍예후가 혀로 입술을 쓸며 눈을 가늘게 떴다.

꽉.

“……!”

당소혜의 손을 잡은 풍예후는 자신의 손목을 잡은 손을 보고는 미간을 찌푸렸다.

“넌 뭐냐?”

“꺼져.”

“뭐?”

풍예후의 손목을 움켜쥔 것은 장춘달이었다.

“이 새끼, 웃기고 있네. 이거 안 놔?”

“니가 먼저 놔.”

“뭐야?”

“빨리 안 놓으면 맞는다.”

장춘달의 위협에 풍예후가 어이없는 표정을 지었다가 섭선을 움켜쥐었다.

“이런 쌍놈 새끼가!”

단박에 쳐내 버리려는 심산으로 공력을 끌어모은 풍예후가 장춘달을 향해 욕설과 함께 섭선을 휘둘렀다.

빠악!

第五章
수적들의 두목

　뼈마디가 부서지는 듯한 기분 나쁜 소음.

　허공을 유영하듯이 떠올라 날아가는 풍예후의 모습과 그의 입에서 뿜어져 나온 핏줄기.

　금섬상단을 둘러싸고 있던 산적들과 호위하던 청죽대의 무인들 모두가 멍하니 바라보았다.

　털썩.

　풍예후가 바닥에 떨어져 몇 번 몸을 꿈틀거리다가 눈을 허옇게 뒤집고 정신을 잃어버릴 때까지 산적들은 그에게 도대체 무슨 일이 일어난 것인지 이해하지 못했다.

　"내가 맞는다고 했지?"

손가락 마디를 꺾으며 앞으로 나서는 장춘달에게 모두의 시선이 집중되었다.

"대충 보니까 산적 떼인 모양인데… 니들한테 줄 돈 없거든? 그리고 갈 길이 바쁘니까 처맞고 피똥 싸기 싫으면 길 막지 말고 꺼져."

장춘달이 주변을 쓸어보다 도일출에게 시선을 멈추었다.

"……."

도일출이 멍한 표정을 지으며 정신을 잃고 쓰러져 있는 풍예후와 장춘달을 번갈아 쳐다보았다.

"넌 뭐냐?"

어이없는 표정으로 도일출이 장춘달에게 물었다.

"뭐긴, 보면 모르냐? 상단 호위지."

"상단… 호위?"

당당하게 신분을 밝히는 모습에 더욱 어이가 없었다.

"허, 별……."

도일출이 허탈한 표정으로 한숨을 내쉬면서 고개를 내저었다.

"상단 호위가… 사파에서도 손가락에 꼽히는 놈을… 방심했다지만 한 방에 보내? 그리고 뭐? 처맞고 싶지 않으면 꺼지라고? 나 도일출이한테?"

도일출의 눈에 서서히 핏발이 돋아 오르고 입꼬리가 한쪽으로 말려 올라갔다. 송곳니를 드러낸 그의 얼굴은 웃고 있는 악귀처럼 변했다.

"이런 개 쌍놈이! 아주 기고만장해서는! 껍데기를 벗겨 버리겠다!"

화가 머리끝까지 치밀어 오른 도일출이 양손에 자신의 곤을 꼬나 잡자 폭풍과 같은 기세가 휘몰아쳐 나왔다.

사방으로 휘몰아치는 기의 폭풍에 섞인 살기에 청죽단의 무인들이 겁에 질려 자신들도 모르게 뒷걸음질쳤지만 장춘달은 아무렇지도 않게 귀를 후볐다.

"지랄하고… 성질은……. 꼬우면 말만 하지 말고 덤벼. 아작을 내줄 테니까."

장춘달의 이죽거림은 도일출이 유지하고 있던 이성의 끈을 끊어버렸다.

"크아아아!"

눈에 초점이 보이지 않을 정도로 광포해진 도일출이 준비 자세도 잡지 않고 장춘달을 향해 곤을 뻗어내었다.

삼 장여의 공간을 가득 채우던 대기를 뚫고 내질러진 곤이 순식간에 늘어난 것처럼 장춘달을 향해 쏘아져 나갔다.

쩡!

하지만 장춘달의 몸에 닿기 전에 무언가에 가로막힌 듯이 멈추어 섰고, 곤에 몰려들었던 기운이 그 벽을 넘지 못하고 폭발하듯이 터져 나갔다.

"……!"

도일출이 핏발이 잔뜩 선 눈으로 자신의 곤을 가로막은 벽의 주인을 쳐다보았다.

"어이! 살쾡이, 내가 우습게 보이나?"

철각 왕천일이었다.

왕천일이 곤의 끝을 양손을 모아 막아선 것이다.

"이… 새끼… 가……."

"크크크, 내가 말했지, 사천까지 호위해서 가야 한다고."

"……."

가로막힌 곤을 회수한 도일출이 부리부리한 눈으로 왕천일을 노려보았다.

"잊고 있는 모양이군. 네 상대는 나다!"

쩡!

왕천일이 오른발을 내디뎌 밟으며 비조처럼 도약해 삼 장이나 떨어진 도일출을 향해 날아갔다. 수십여 개의 잔영이 생겨나 도일출을 향해 날아들었다.

"칫!"

도일출이 왕천일의 공격을 막아내기 위해 곤을 회전시키며 휘둘렀다.

수십여 초의 공방이 시작되자 둘의 싸움을 지켜보던 곰 덩치의 사내가 쓰러진 풍예후를 힐끗 쳐다보고는 금섬상단 일행을 향해 고개를 돌렸다.

"애들아!"

“예!”

“우리도 이제 시작해야지! 손님들 기다리신다.”

“흐흐흐! 예! 안 그래도 피가 끓어오르던 참이었습니다.”

도일출과 왕천일의 싸움이 극에 달해가는 동안 산적들이 저마다 무기를 꼬나 잡고 금섬상단을 조여왔다.

“으음… 수가 너무 많아.”

조량이 다가오는 산적들을 보며 잔뜩 긴장한 표정이 되었다. 산적들의 수는 어림잡아 기백이 넘어 보였다. 장춘달이 버티고 있다고는 하지만 금섬상단을 호위하는 청죽단 무인의 수는 고작 열을 넘지 않았다. 무려 열 배의 수적 열세인 것이다. 아무리 개개인의 실력이 차이가 난다고 하지만 산적들 역시 녹림에 몸담은 인물들이니 그리 호락호락하지 않을 것이다.

조량의 예측은 무조건 필패.

“여강!”

조량이 전방을 경계하며 나지막하게 수하 모여강을 불렀다.

“예, 부대주.”

“너는 싸움이 시작되면 즉시 맹으로 방향을 잡고 달려라.”

“예?”

“아무리 장 대협이 있다고 해도, 또 철각께서 도일출과 승부를 벌인다고 해도 지금의 상황은 우리에게 불리하다.”

“……..”

“맹호와 철각 대협의 실력은 호각. 수에서 밀리는 우리가 열세다. 우리가 맡은 임무는 금섬상단을 사천으로 호위하는 것이다. 녹림으로 인해 그 임무가 실패해서는 안 된다. 청죽단은 목숨을 걸고 막는다. 너는 지금 즉시 맹에 알려 지원을 요청해라. 너의 임무가 막중하다.”

“아, 알겠습니다.”

조량의 말에 청죽대 무인 모여강이 결연한 표정을 지었다.

산적들이 한 장 앞으로 다가올 때까지 긴장한 청죽단의 무인들과는 달리 금섬상단 인물들의 표정은 느긋하기만 했다. 긴장하고 있는 것은 금섬상단주 유금척뿐이었다.

“큰일이군요. 전력이 너무나 차이가……..”

“신경 쓰지 말게.”

“예?”

유금척의 걱정스러운 말에 만생 노인이 무표정한 얼굴로 술병을 입으로 가져갔다.

“호위가 있지 않은가?”

“……..”

“주인 되는 자는 자고로 수하의 실력을 믿는 법이지. 더욱이 싸가지는 없어도 출중한 호위까지 있는 마당에.”

유금척이 이해하기 어렵다는 표정으로 만생 노인을 쳐다보았다.

"걱정없을 게야, 저놈 실력이면. 크크크. 제까짓 산적 놈들 백 명이 아니라 오백이 몰려와도 괜찮을 게야. 호위가 정 힘들면 이 아이도 있고 말이야."

만생 노인이 히죽거리며 능소화를 쳐다보았다.

만생 노인을 따라 능소화에게 시선을 준 유금척이 그제야 안심이 되는지 조금 누그러진 표정을 지었다. 장춘달을 믿지 않는 것은 아니지만 상황이 상황이니만큼 걱정되는 것은 사실이었다. 하지만 능소화는 마도의 소교주였다. 본 적은 없지만 어리다고는 해도 그 실력이 상당할 터였다. 또한 그녀의 신분이 밝혀지게 되면 아무리 녹림에 이름난 맹호 도일출이라 해도 수하들을 물릴 수밖에 없을 것이다.

"내가 보기엔 저놈 혼자서도 충분할 것 같지만 말이야."

만생 노인이 너무도 여유있게 히죽거리며 장춘달을 슬쩍 쳐다보았다.

"이것들 봐라. 누가 산적 떼 아니랄까 봐 떼거지로 덤비네?"

만생 노인의 시선이 닿은 장춘달이 기가 찬 표정으로 다가오는 산적들을 쳐다보았다.

"어이, 자기."

"예!"

장춘달의 부름에 윤자기가 청죽단과 마찬가지로 잔뜩 긴장한 표정으로 대답했다.

“단주만 잘 지켜!”

“예?”

“만생 영감이나 꼬마는… 알아서 하겠지. 너는 무조건 단주만 지켜.”

“예!”

“그리고, 당소혜라고 했지?”

윤자기가 마차 가까이로 붙어 유금척을 호위하는 듯한 움직임을 보이자 장춘달이 당소혜를 불렀다.

“……?”

“자기 놈 좀 도와줘. 도모꾼이긴 해도 실력이 많이 늘어서 괜찮겠지만 불안해서 말이야.”

“…….”

장춘달이 고개를 돌려 당소혜를 쳐다보며 히죽거렸다. 그 모습에 당소혜가 무표정하게 고개를 끄덕이며 손에 비침을 움켜쥐었다.

“좋아. 믿겠어. 어디 그럼 산적 소탕이나 해볼까?”

당소혜가 결연한 표정을 짓자 송곳니를 드러내며 웃은 장춘달이 손가락 마디를 꺾으며 앞으로 나섰다.

“쳐라!”

서로 간의 거리가 반 장으로 줄어들 때쯤 곰 덩치의 사내가 외지차 산적들이 금섬상단의 인물들을 향해 날아들었다.

순식간에 온갖 무기의 궤적이 난무하며 싸움이 시작되었다.

뻐억!

휘어져 들어오는 철퇴를 허리를 숙여 피한 장춘달의 주먹이 산적 하나의 턱에 틀어박혔다.

"니들 오늘 다 죽었어!"

장춘달이 고함을 지르며 산적들 틈으로 파고들었다.

산적들 틈새를 휘젓고 다니는 장춘달의 주먹과 발길질에 산적들이 추풍낙엽처럼 튕겨 나가기 시작했다.

한 방에 한 명, 혹은 두 방에 한 명.

"치잇!"

곰 덩치의 사내가 청죽단이 호위하는 금섬상단의 측면을 공격하다 수하들을 쓰러뜨리는 장춘달을 보며 얼굴을 찡그렸다.

어디서 나타난 놈인지 모르지만 눈으로 쫓을 수도 없는 움직임으로 사방을 휘저어놓는 통에 순식간에 열 명이 넘는 수하들이 쓰러졌고, 한번 쓰러진 놈들은 다시 일어나지 못했다.

풍예후를 한 방에 눕혀 버린 장춘달의 실력이 대단하다 생각하며 감탄했지만 어차피 금섬상단주만 취하면 싸움이 끝날 것이라 생각했는데 그것 또한 쉽지 않았다. 청죽단의 무인들이야 그렇다 치고, 금섬상단주의 곁에서 그를 호위하는 윤자기의 실력이 만만치 않았기 때문이다.

더구나 허점이 조금 보인다 싶어 공격을 할라 치면 어김없이 암기가 날아와 공격한 산적의 손목이며 옆구리를 꿰어버리는 통에 접근조차 쉽지 않았다.

"으아압!"

쩌엉!

우레와 같은 고함 소리와 함께 지면이 진동하듯이 울리고 장춘달을 둘러싸고 공격하던 산적 네댓 명이 튕겨져 나갔다.

"도, 도대체 뭐야, 저 괴물 같은 놈은?"

지면에 선명한 족적을 남기고 땅이 울릴 정도로 엄청난 충격파를 남기면서도 쉬지 않고 사방을 누비고 다니는 장춘달로 인해 산적들이 겁을 집어먹고 있었다.

장춘달의 모습은 마치 토끼우리에 뛰어든 범 같았다.

호흡 하나 흐트러지지 않은 모습으로 사방을 누비며 포효하듯이 주먹을 내질러 델 때면 어김없이 산적들이 쓰러졌다.

"제길!"

녹림 본채에서 나온 맹호 도일출이 있었지만 그는 철각 왕천일에게 막혀 있었고, 련의 명에 따라온 풍예후는 진즉에 나가떨어졌다.

이대로 계속 싸우다가는 저 괴물 같은 상단 호위에게 지리멸렬한 것이라고 판단한 곰 같은 사내는 욕설을 내뱉으며 품에서 호각을 꺼내 불었다.

삐익!

날카로운 호각성에 금섬상단을 공격하던 산적들이 썰물처럼 떨어져 나갔다.

삐억!

휘둘러진 도끼의 궤적 안으로 파고들며 상대의 턱을 팔꿈치로 날려 버린 장춘달은 호각성과 함께 산적들이 뒤로 물러나자 움직임을 멈추고 섰다.

"자, 장 대협, 괜찮으십니까?"

산적들의 공격에 입고 있던 옷이 넝마가 되어버리고 군데군데 상흔까지 입은 조량이 장춘달을 향해 물었다.

"뭐… 특별히 안 괜찮을 것은 없긴 한데……."

장춘달이 물러나 금섬상단을 포위한 채 진열을 정비하는 산적들을 쳐다보았다.

산적들의 수는 처음보다 사 할이 줄었다. 남은 것은 고작 오십여 명이 조금 넘는 수였다.

그중 태반이 장춘달의 주먹에 정신을 잃고 쓰러진 것이었고, 몇몇은 당소혜의 암기에 맞고 부상을 입거나 청죽대의 무인들이 휘두른 검에 의해 쓰러진 자도 있었다.

하지만 청죽대의 무인들이라 해서 온전한 것은 아니었다.

열 명도 채 되지 않던 수가 부상당해 싸우지 못하는 이들을 빼면 조량을 비롯해 다섯밖에 되지 않았다.

개개인의 실력으로 수적 열세를 극복하기 쉽지 않았던 것이다.

“나는 녹림칠십이채 중 태산채를 맡고 있는 웅천이다. 네 놈은 누구냐!”

수하들을 물리고 노려보던 곰 같은 덩치의 사내가 신분을 밝히자 장춘달이 히죽거리면서 대답했다.

“귀가 처먹었나. 말했잖아. 상.단. 호.위라고.”

“…….”

장춘달의 대답에 웅천은 놀림을 당한다는 생각이 들었다.

어찌 고작 상단 호위가 이만한 실력을 가지고 있단 말인가?

오랫동안 녹림에 몸담으며 수많은 상단과 거래(?)를 해온 웅천은 장춘달과 같은 실력의 상단 호위는 단 한 번도 본 적이 없었다.

“끝까지 신분을 밝히지 않을 셈이군. 정파의 무인인가?”

장춘달의 말을 믿지 못한 웅천이 재차 물었다.

“거참, 안 믿으려면 믿지 마라. 어차피 산적 따위에게 믿어 달라고 부탁할 생각도 없으니까.”

장춘달이 손목을 꺾으며 이죽거리자 웅천의 얼굴이 와락 일그러졌다.

“이… 개자식이!”

화가 났지만 섣불리 공격하지는 못했다.

‘제길… 어디서 튀어나온 놈인지 모르지만 좀 전과 같다면 금섬상단은커녕 개 한 마리 잡아가지 못하겠군. 도대체 저놈

이 누구기에…….'

왕천은 눈을 가늘게 뜨고 장춘달을 노려보며 수하를 불렀다.

"마성."

"예, 두목."

"저놈은 내가 맡겠다. 니들은 어떻게든지 청죽대를 쓰러뜨리고 금섬상단주를 잡아라."

"알겠습니다."

왕천의 중얼거림에 옆에 있던 산적 마성이 거치도를 움켜쥐며 고개를 주억거렸다.

"모든 공격을 저 괴물 같은 놈에게 집중한다. 저놈만 제압하면 곧 맹호께서 철각을 쓰러뜨리고 도와주실 게다. 그때까지만 버텨라!"

"예, 두목."

왕천은 공격 방법을 바꾸기로 했다.

"호오? 제법인데? 저 싸가지없는 놈을 집중 공략하겠다? 크크. 하지만 생각대로 될까?'

산적들의 움직임을 느긋하게 쳐다보던 만생 노인이 입가에 옅은 미소를 띠며 중얼거렸다.

"야! 안 덤빌 거면 꺼져."

산적들이 모종의 음모를 꾸미듯이 소곤거리는 모습에 장춘달이 버럭 고함을 내질렀다.

“흥! 안 그래도 가려던 참이다!”

수하에게 속삭이듯 명령을 내린 왕천이 바닥에 떨어져 있던 거대한 도끼를 들어 장춘달에게 던지자 그것을 신호로 산적들이 다시 사방에서 공격해 들어왔다.

후웅!

묵직한 소리를 내며 날아들어 오는 도끼에 장춘달이 피식 웃었다.

“이까짓!”

쩡!

손등을 들어 올려 도끼의 옆면을 후려쳐 버린 장춘달이 다시금 산적들을 향해 뛰어나갔다.

빠각!

장춘달이 내지른 주먹에 쐐기처럼 달려들던 산적들의 선두가 힘 한번 써보지 못하고 뒤로 튕겨 나갔다.

청죽단과 금섬상단을 향했던 산적들의 공격이 장춘달 하나에게로 집중되기 시작했다.

하지만 왕천은 그 판단이 명백히 잘못되었다는 것을 금세 깨달았다.

엄청난 고수가 누군가를 호위하며 싸운다는 것과 혼자서 싸운다는 것은 그 실력에서 엄청난 차이가 있었다.

장춘달에게 공격이 집중되어 윤자기, 당소혜, 청죽단 무인들만으로도 충분히 안전을 확보하게 되자 장춘달은 더욱 광포하게 날뛰기 시작했다.

"……."

장춘달을 공격하려던 왕천은 우후죽순처럼 쓰러지는 수하들의 모습을 보며 넋을 잃어버렸다.

뻐억!

불과 일각이 지나지 않아 제대로 서 있는 산적이 열 명밖에 되지 않았다.

그나마 버티고 서 있는 산적들도 무시무시한 장춘달의 모습에 자신들도 모르게 뒷걸음질치고 있었다.

빠각!

산적 하나의 멱살을 휘어잡고 턱을 후려친 장춘달이 왕천을 향해 하얀 송곳니를 드러내며 웃었다.

"괴… 물……."

듣도 보도 못한 놈이 어떻게 고작 주먹질만으로 일백의 수하 중 반 이상이나 때려눕히고 호흡 하나 거칠어지지 않는단 말인가?

'정보가 부족했어. 제기랄! 고작 상단주 하나 잡아오라더니…….'

왕천이 생각하기에 아마 함께 온 도일출이 나선다 해도 이 무지막지한 장춘달을 막는다는 건 불가능해 보였다.

저벅.

정신을 잃은 산적의 멱살을 쥐고 한 걸음 내디딘 장춘달의 모습에 산적들이 무의식중에 한 발 물러났다.

"내가 꺼지라고 했지?"

이죽거리는 장춘달의 얼굴이 왕천에게는 지옥에서 올라온 악귀처럼 보였다.

꿀꺽.

손이 떨리고 심장이 미칠 듯 뛰어올랐지만 왕천은 애써 마음을 추슬렀다. 자신만 있다면 언제든지 무릎을 꿇고 살려달라고 빌었겠지만 수하들이 보고 있지 않은가?

"도대체……."

왕천은 아직도 괴물 같기만 한 장춘달이 상단 호위라고는 믿기지 않았다.

"니가 두목이지?"

"예?"

장춘달의 질문에 잔뜩 긴장한 왕천이 자신도 모르게 존대를 해버렸다.

"아까 태산챈가 뭔가 하는 곳의 두목이랬지? 내가 말이야. 불법으로 남의 돈 뺏어가는 놈을 정말 싫어하거든? 그런 놈들만 보면 갱생시키고 싶다 이 말이야."

"……."

"이때까지 산적질하면서 선량한 사람들 돈도 빼앗고 목숨도 빼앗고 그랬겠지?"

"아, 아닙니다. 돈을 빼앗기는 했지만 목숨은……."

"시끄러워. 내가 예전에 다 봤어. 강소성에 살 때도 산적 놈들 때문에 약초 캐러 갔던 동네 어른들이 다쳐서 오거나 잘 놀던 애들이 산적 놈들에게 잡혀가서 어디 갔는지 몰랐지."

"저희는 강소성과 아무 연관이……."

"시끄러!"

한 걸음씩 다가오는 장춘달의 모습에 왕천이 경치에 어울리지 않게 뒷걸음질치며 애써 변명을 했다.

"죄질이 조금만 나쁘면 대충 두들겨 패고 수고비나 받을까 했는데 말이야, 생각해 보니까 니들은 안 되겠어."

"……."

"강소성 산적 놈들 때문에 고생했던 마을 어른들을 위해서라도 다시는 나쁜 짓을 못하게 갱생을 시켜줘야겠어."

순간 왕천은 무시무시한 장춘달의 눈빛에 강소성 어디쯤에서 산적질을 하고 있을 놈들에게 자신이 알고 있는 모든 욕설을 퍼부었다.

"전에 어떤 미친 노인이 나한테 그랬거든. 세상에는 나쁜 놈이 정말 많은데, 자신이 소싯적에 전부 정신 차리게 해줬다고. 그 방법이 뭔 줄 알아?"

"……."

장춘달의 물음에 왕천이 고개를 세차게 내저었다.

"그건 말이야, 정신 차릴 때까지, 꿈에서라도 나쁜 짓 못할 때까지, 무릎 꿇고 싹싹 빌고 무의식중에도 나쁜 짓이라면 치

가 떨려올 정도로 두들겨 패는 거지. 그리고 이제부터… 너를
그렇게 해줄게."

"……."

장춘달이 멱살을 쥐고 있던 산적을 내던지고 왕천을 향해
한 걸음씩 한 걸음씩 걸음을 옮겼다.

거리가 가까워질수록 산적들은 장춘달의 눈치를 살피며
왕천의 곁에서 물러났고, 왕천은 잔뜩 겁에 질린 얼굴로 뒷걸
음질치다 등이 나무에 닿자 넙죽 엎어졌다.

"대, 대협, 살려주십시오. 소인이 눈이 멀어 고인을 몰라봤
습니다. 제발 살려주십시오."

왕천이 고개를 땅에 처박고 싹싹 빌자 장춘달이 피식 웃었
다.

"대협은 무슨. 겁먹지 마. 아직 시작도 안 했으니까."

장춘달이 송곳니를 드러내며 주먹을 들어 올리자 왕천의
얼굴이 노랗게 질렸다.

막 갱생을 위해 장춘달이 왕천에게 가르침을 내리려는데
산적들의 공격에서 한숨 돌리고 있던 조량이 멀리서 다가오
는 먼지구름을 보며 고개를 갸웃거렸다.

"저건… 또… 뭐지?"

먼지구름은 금세 그 정체를 드러내었다.

수십여 명이 넘는 숫자였다.

산적들과 마찬가지로 옷을 입은 것인지 벗은 것인지 분간

이 가지 않을 정도로 대충 걸쳐 입고 저마다 각양각색으로 모습을 드러내고 있었다.

수하인 여강을 보낸 터라 잠시나마 기대를 가졌던 조량의 얼굴은 실망감으로 가득해졌다. 하긴 여강이 출발한 지 얼마나 되었다고 벌써 맹의 지원군을 데려온단 말인가?

"부, 부대주… 저걸!"

한쪽 팔이 부러져 늘어뜨린 수하 일척이 잔뜩 겁에 질린 얼굴로 손가락을 들어 무언가를 가리켰다.

"응?"

일척의 손가락이 닿은 곳에 시선을 멈춘 조량의 눈은 서서히 커지고 경악으로 물들어갔다.

"그… 저… 어떻게… 저……."

너무도 놀란 탓에 말조차 나오지 않는지 조량의 입이 점점 더 벌어져 다물어지지 않았다.

각양각색의 차림을 한 이들 사이로 보이는 흑색 기.

그리고 그 흑색 기 안에 승천하듯이 멋들어지게 수놓인 용 문양.

그 용 문양 아래로 부조화스럽기 그지없는 백염을 쓸며 교자에 앉은 노인이 보였다.

"어째서… 어째서… 저 괴물이……."

조량은 흑색 기와 무리를 이끄는 노인의 정체를 알아보는 순간 다리가 풀려 버려 주저앉으려는 자신의 몸을 가까스로

검으로 지탱해 세웠다.

대륙을 반으로 가르는 장강을 지배하는 자들.

그리고 그들의 수장을 표시하는 흑룡승천기와 일천에 달하는 수적들의 수장 나척승이 막대한 존재감을 뿌리며 나타난 것이다.

나척승과 그의 수하들이 위풍당당한 모습으로 다가오자 금섬상단을 공격하던 산적들도, 포효하는 범처럼 산적들을 유린하던 장춘달도 움직임을 멈추었다.

"많이도 모여 있구만. 어쩐지 늦더라니. 이런 줄도 모르고 선상에서 한참이나 기다렸잖아."

느긋하던 표정으로 교자에 턱을 괴고 쳐다보고 있던 나척승이 싸움에 지쳐 보이는 무인들 사이로 목숨을 걸고 싸우고 있는 도일출과 왕천일을 보고 눈살을 찌푸렸다.

"어라? 저거 산도적패의 도일출이 아니니?"

나척승이 눈을 가늘게 뜨고 곁에 서 있는 마룡을 향해 물었다.

"맞습니다. 산도적패의 고양이 놈입니다."

"그래, 내 잘못 본 게 아니지?"

마룡의 대답에 고개를 주억거리던 나척승이 한쪽 눈을 찌푸렸다.

"근데 저것들이 어째서 여기 있는 거지?"

"글쎄요. 산도적 놈이 움직였다는 말은 못 들었는데요."

“음… 마룡아.”

“예?”

“니 가서 저 일출이 저놈 좀 데려와라.”

도일출과 왕천일이 주위에서 다가서지 못할 정도로 팽팽한 긴장감을 만들어내며 싸우고 있음에도 나척승은 아무렇지도 않은 목소리로 말했고, 명을 받은 마룡이 당연하다는 듯이 완만하게 휜 자신의 대도를 들고 앞으로 나섰다.

사람만 한 도신을 어깨에 메고 입에 문 풀잎을 씹으며 다가서는 마룡의 걸음걸이에 앞을 막고 있던 산적들이 잔뜩 긴장한 표정으로 길을 비켰다.

“흐흐흐, 짜식들.”

마룡은 그런 산적들의 겁에 질린 표정을 즐기듯이 웃으며 도일출과 왕천일을 향해 한 걸음씩 다가갔다.

“뭐야, 저건 또?”

정신을 잃은 산적의 멱살을 놓던 장춘달이 고개를 갸웃거리며 마룡을 쳐다보다 교자에 앉은 나척승에게로 시선을 돌렸다.

‘저 영감……’

장춘달이 눈살을 찌푸렸다.

대충 아무렇게나 걸터앉아 있는 모습이었지만 왠지 모를 위화감과 함께 막대한 존재감이 느껴져 왔다.

"으아압!"

도일출의 곤이 회전력을 이기지 못하고 휘어져 왕천일의 옆구리를 때렸다. 경기공을 일으켜 몸을 단단하게 만들었음에도 늑골이 부러지는 듯한 충격을 느낀 왕천일이 곤에 맞아 밀려나며 오른발을 휘돌려 찼다.

뻐걱!

발등에 턱 언저리를 얻어맞은 도일출의 얼굴이 세차게 흔들리며 비틀거렸다.

벌써 수백여 번의 절초를 교환한 둘은 완전히 지쳐 버렸는지 헐떡거리며 서로를 노려보았다.

단정했던 왕천일의 머리가 헝클어지고 풀어헤쳐진 상의와 얼굴의 곳곳에 남은 흔적, 비 오듯 흘러내리는 땀방울이 둘의 싸움이 얼마나 치열했는지 여실히 보여주었다.

"헉, 헉!"

도일출 또한 마찬가지였다.

상대와의 간격이 곤의 외곽이 위치해야만 가장 큰 위력을 발휘하는 것인데 그런 점에서 접근 타격술을 구사하는 왕천일은 최악의 상대였다.

"후우… 서 있을 힘도 없어 보이는데 그만 쓰러지는 게 어때?"

자신의 건재함을 보이듯이 왕천일이 무릎을 잡고 허리를 펴 올렸다.

“흥, 누가 할 소리. 아직 본 실력은 보이지도 않았다.”

도일출이 호흡을 몰아 내쉬며 한마디도 지지 않고 받아쳤다.

“이봐, 아무리 청죽단의 무인들이라 해도 고작 열조차 되지 않는 수로 수하들을 막을 순 없어. 그들을 믿고 있는 모양인데 어차피 결과는 똑같아. 괜한 일로 버티지 말고 그냥 금섬상단주를 넘겨주는 게 어때? 고작 상단주 따위를 뭣 때문에 이렇게 기를 쓰고 지키려는 거냐?”

“흥! 멍청하긴. 내가 고작 청죽대 애들이나 믿는 줄 아나?”

“뭐?”

“네놈은 상상도 못할 게다, 이놈아. 산적 몇 놈 끌고 와서는 절대 그 친구를 넘어서 금섬상단주를 데려갈 수 없을 거다.”

왕천일이 장춘달을 떠올리며 히죽거렸다.

둘은 이미 서로의 상태를 알고 있었다. 마음속으로 서로에 대해 적잖이 놀라고 있는 상태였다. 이대로 가다 보면 무승부가 될 것이라는 것 또한 잘 알고 있었다.

그럼에도 왕천일이 여유있는 것은 장춘달의 실력을 믿고 있었기 때문이다.

“나의 곤을 이만큼 받아친 상대는 없었다. 네놈의 실력은 인정하지. 하지만 뭘 믿고 그런지는 모르지만 어차피 진 싸움이다.”

“그건 해봐야 알지.”

“······.”

왕천일의 말에 도일출이 잠시 말을 멈추었다가 피식 웃었다.

“좋아, 어쩔 수 없지. 승부를 내는 수밖에.”

“내가 하고 싶은 말이다.”

도일출과 왕천일이 서로를 쳐다보며 다시금 거칠어진 호흡을 가라앉히고 공력을 끌어올렸다.

“언제까지 버티는지 보자.”

도일출이 온몸의 힘을 짜내어 움켜쥔 곤의 끝을 바닥으로 향하게 했다.

“너야말로.”

왕천일도 주먹을 움켜쥐고 자세를 취했다.

서로의 상태를 알고 있는 이상 조금이라도 허점을 보이면 바닥에 눕는 것이 자신이라는 것을 두 사람 모두 잘 알고 있었다.

온 신경을 집중해 서로를 노려보던 그때, 자신들의 가까이로 누군가 다가오는 인기척에 움찔한 도일출이 지면으로 향했던 곤을 찔러 넣었고, 왕천일이 뒷발을 차며 뛰어들었다.

“멈춰라!”

도일출의 곤과 왕천일의 주먹이 맞부딪치려는 순간 둘의 사이로 마룡이 자신의 대도를 집어넣었다.

깡!

도일출의 곤과 왕천일의 주먹에 실린 권기가 그 사이를 파고든 도신의 반탄력에 튕겨 밀려났다.

이미 지쳐 버린 상태라 도신의 반탄력을 이기지 못한 왕천일과 도일출이 몇 걸음이나 물러나다 가까스로 몸을 지탱해 세우고 한 손으로 도를 움켜쥐고 자신들을 쳐다보며 웃는 마룡에게로 고개를 돌렸다.

"네놈은?"

"장강 뱃놈!"

마룡이 둘의 반응에 웃었다.

"그만하지그래, 둘 다 힘도 없어 보이는데."

마룡이 뻗어내었던 도를 거두어들이며 말했다.

"닥쳐라!"

도일출이 이죽거리는 마룡의 목소리에 날카롭게 외치며 눈을 치켜떴고, 왕천일은 미간을 좁히며 얼굴을 찡그렸다.

마룡은 장강수로채의 호법과도 같은 무인이었다. 붙어보진 않았어도 녹림의 도일출이나 자신과 비교해 크게 실력이 떨어지지 않는다는 것을 잘 알고 있었다.

문제는 녹림과 장강수로채가 항상 서로 잡아먹을 듯해도 모두 사사련에 소속된 이들이었고, 자신은 정도무림맹의 소속이었다.

만약 둘이 힘을 합한다면 필패라는 것을 잘 알고 있었다.

'제길, 장강일도(長江—刀) 마룡이 합세하다니…….'

왕천일이 마룡의 등장에 잔뜩 긴장하며 표정을 일그러뜨리는데 도일출이 마룡을 향해 물었다.

"네놈이 어째서 이곳에 있는 거지?"

"왜? 있으면 안 되냐?"

마룡이 도신을 세워 턱을 괴고는 싱글거리고는 턱짓으로 뒤쪽을 가리켰다.

"나도 산도적 놈들을 만나고 싶지는 않았는데 말이야. 어쩔 수 없었다고."

마룡의 턱짓에 시선을 돌렸던 도일출은 곳곳에 쓰러져 고통스러워하고 있는 산적들의 모습에 경악을 금치 못했다.

일백이나 되던 태산채의 무인 중 제대로 서 있는 놈이 열을 넘지 못했고, 태산채주인 왕천은 바닥에 납작 엎어져 고개도 들지 못하고 있었다.

"도대체 이게 무슨?"

왕천일과의 싸움에만 집중해 있었다고 하지만 어떻게 된 일인지 이해를 하지 못했다.

"어이, 살쾡이! 어딜 보는 거냐? 그 뒤를 보란 말이야."

마룡의 말에 도일출이 시선을 조금 멀리 두었고, 왕천일 또한 그 시선을 따라 고개를 돌렸다.

"헉!"

"컥!"

바람에 나부끼고 있는 익숙한 흑색 기와 그 아래 교자에 앉아 느긋하게 웃고 있는 노인의 모습에 왕천일과 도일출이 경악과도 같은 감탄사를 만들어내었다.

그들의 눈앞에 있는 백염의 노인. 생긴 것과 전혀 어울리지 않게 가슴까지 백염을 기른 자는 단 한 사람밖에 없었다.

사람들은 그를 수룡왕 나척승이라 불렀다.

"어, 어찌… 그가?"

말문이 막혀 쥐고 있던 곤을 떨어뜨릴 뻔한 도일출을 대신해 왕천일이 믿을 수 없다는 목소리로 중얼거렸다.

강호삼세의 주인들을 제외하고 그 아래 있는 자들 중 다섯 손가락 안에 꼽힐 정도의 강자인 나척승이 어째서 이곳에 있단 말인가?

"놀랄 시간 없어, 총채주께서 보고 싶어하시니까."

마룡이 도일출을 향해 말하고는 그들의 본진으로 걸음을 옮겼다.

마룡을 따라 나척승을 향해 다가온 도일출이 곤을 내리고 공손하게 포권을 했다.

"사파의 영웅이신 장강수로채 총채주 나 대협을 뵙습니다."

"아, 그래. 오랜만이다, 일출아. 니들 두령은 잘 있냐?"

"예."

"그나저나 어쩐 일이냐? 니가 이곳 무한까지 다 오고?"

나척승이 귀를 후비며 물었다.

"련에서 명이 내려와서⋯⋯."

"그래? 상단주 하나 데려가겠다고 총관이 온 데 연락을 취했구만. 쓸데없는 산도적 놈들까지 기어 내려온 걸 보면 말이야. 쯧쯧."

"⋯⋯."

빈정거리는 목소리였지만 도일출은 아무런 내색을 하지 못했다.

조금이라도 그의 심기를 거슬렸다가는 어떤 일이 벌어질 것이라는 것을 충분히 알고 있었기 때문이다.

"멀리 왔다만 애들 데리고 그냥 꺼질래? 나도 저쪽에 볼일이 좀 있거든."

"예?"

도일출이 반문을 하자 여유롭던 나척승의 얼굴이 살짝 굳었다.

"못 들었냐?"

"아, 아닙니다. 수룡왕께서 볼일이 있으시다면 응당 그리 해야지요."

잔잔하게 살기가 어린 나척승의 되물음에 도일출이 재빨리 대답했다.

"난 또 못 들은 줄 알았잖아. 한번 말하면 알아들어라, 일출아."

나척승이 손을 젓자 도일출이 재빨리 물러났다.

도일출이 물러나고 금섬상단의 인물들이 보이자 나척승이 가늘게 뜬 눈으로 둘러보았다.

"저 아저씨는 또 누구야?"

청죽단이 지키고 있는 금섬상단의 일행에게로 돌아온 장춘달이 고개를 갸웃거리며 물었다.

"수룡왕… 장강수로에 사는 괴물."

능소화가 나척승에게 시선을 향한 채 잔뜩 긴장한 목소리로 말했다.

이제까지 한 번도 긴장한 표정을 짓지 않던 능소화가 계속해서 침을 삼키자 장춘달이 의아해하며 나척승을 바라보았다.

아직 어느 정도의 힘을 가졌는지 알지는 못했지만 강호의 거대 단체라는 마교의 소교주며 혈돈과 적성과 같은 무인들을 수하로 부리는 능소화마저 긴장시킬 정도의 무인이니 아마 대단한 상대임은 분명할 것이다.

"장강수로채의 총채주입니다. 날고 기는 장강 수적들의 왕과 같은 인물이지요. 전해지는 소문에 의하면 사파에서 사사련주를 제외하고는 가장 강할 것이라고 하더군요. 더욱이 그는 천무제와 겨루었던 인물 중 한 사람입니다."

나척승이 나타난 순간부터 잔뜩 긴장해 있던 당소혜의 부연 설명에 장춘달이 고개를 끄덕거렸다.

"천무제라고?"

"그렇다네. 그는 천무제에게 패했던 인물 중 하나네. 이 강호에서 손가락에 꼽히는 강자지. 벌써 칠십 년이나 저 자리를 지켜온 괴물이기도 하고."

굳은 얼굴로 다가온 왕천일이 당소혜의 대답을 도왔다.

"일흔이 넘었다고? 그래 보이지 않는데……."

모두가 나척승이라는 희대의 무인이 등장한 것에 대해 긴장한 얼굴이었지만 장춘달은 주름 하나 없이 팽팽한 그의 외모에 놀란 표정을 지으며 앞으로 나섰다.

"고, 공자, 어딜 가십니까?"

장춘달이 걸음을 옮기자 윤자기가 화들짝 놀라며 물었다.

"왜?"

"어쩌시려고……."

몇 달간 장춘달을 보아온 윤자기는 이어질 행동을 예측하고도 남았다. 시비를 걸 것이 분명했다. 하지만 상대는 나척승이었다. 이제까지 장춘달이 상대했던 이들과는 차원이 다른 인물이었다.

"총채주라며?"

"……."

"장강수로의 왕? 왕 같은 소리 하고 있네. 남의 돈이나 뺏는 놈이. 기름기가 아주 좔좔 흐르는구만."

  이죽거리며 나서는 장춘달의 모습에 윤자기를 비롯해 능소화마저 얼굴이 허옇게 질렸고, 이어진 그의 말에 만생 노인을 비롯한 금섬상단의 인물들과 청죽단의 무인들은 심장이 떨어질 정도로 놀라 눈을 동그랗게 떴다.

  "수적 놈들 대장이라 이거지? 다시는 나쁜 짓을 못하게 해주지. 늙었으면 손자들 재롱이나 볼 일이지."

  "……!"

  "어이, 영감!"

  막 모삼충을 불러 흑룡선을 침몰시킨 원흉과도 같은 놈을 찾으려는데 장춘달이 싸가지없이 부르자 나척승이 미간을 찌푸리며 쳐다보았다.

  "영감이 이놈들 대장이야?"

第六章
만생 노인

중원상왕

"뭐야, 저건?"

나척승이 장춘달의 언행에 눈을 찡그렸다.

"안 어울리게 수염 하고는. 쯧. 다 늙어서 수적질이라니."

발끈한 수하들이 당장에라도 장춘달을 향해 뛰어들려는데 나척승이 손을 들어 수하들을 물렸다. 생전 처음 보는 천둥벌거숭이 같은 놈에게 묘한 호기심이 생긴 것이다.

"웬 꼬마냐?"

호기심이 그대로 드러나는 나척승이 장춘달을 향해 물었다.

아무렇게나 입고 있는 옷이 낭인처럼 보이기도 했지만 체

구가 다부진 것이 제법 잘 단련되어 보였다. 자신을 향해 흥
미를 드러낸 표정의 나척승을 향해 장춘달은 손가락 마디를
우두둑 소리가 나게 꺾으며 대답했다.

“금섬상단 호위 장춘달.”

“금섬상단… 호위무사?”

장춘달의 대답에 얼굴을 찡그린 나척승이 피식 웃으며 관
심을 끊어버렸다. 제법 단련이 잘되었다 생각했는데 세상물
정 모르는 상단 호위라면 자신의 체면상 드잡이를 할 이유가
없는 것이라 생각했다.

“마룡아, 방해된다. 치워.”

“예, 총채주.”

마룡이 대도를 움켜쥐고 나서려는데 모삼충이 게거품을
내뿜으며 손가락질을 해대었다.

“저, 저놈입니다.”

“응?”

모삼충의 손가락질에 나척승이 손을 들어 올려 마룡을 멈
추어 세웠다.

“어? 넌 그때 그 수적?”

장춘달이 모삼충을 알아보고 눈을 찡그렸다.

“용케 구해졌나 보네. 그런데… 여전히 수적인가 보지? 매
가 부족했구나, 매가 부족했어.”

장춘달이 고개를 내저으며 손가락을 꺾자 우두둑거리는

소리가 괴기스럽게 흘러나왔다. 그 모습에 모삼충이 찔끔해 목을 움츠렸다.

"저놈이라……. 삼충아, 니 말은 흑룡선을 침몰시킨 게……."

나척승이 묻자 모삼충이 미친 듯이 고개를 끄덕거렸다.

"그래, 저놈이었단 말이지?"

나척승의 표정이 싸늘하게 변하고 그의 눈이 서늘하게 가라앉았다. 나척승의 시선이 닿은 순간 장춘달은 순간 온몸이 난자당할 것만 같은 느낌에 다가서던 걸음을 멈추어 세웠다. 잠깐이었지만 그의 눈빛에 등줄기로 식은땀이 흘렀다. 한 걸음만 더 다가서면 온몸이 갈기갈기 찢겨져 나갈 것 같은 기분에 장춘달이 들었던 발을 뒤로 내디디며 나척승을 노려보았다.

"니가 그 꼬마냐? 흑룡선을 침몰시킨?"

"……?"

나척승의 모습이 눈을 깜빡이는 순간 흔적도 없이 사라져 버리자 장춘달의 눈이 부릅떠졌다.

그리고,

지옥에서 들릴 법한 목소리가 장춘달의 좌측 편에서 들려왔다.

"니 그 배가 어떤 밴지 알고 그랬냐?"

쩍!

"크윽!"

움직였다는 느낌도, 공력을 일으킨 것도 같지 않았는데 무언가에 얻어맞은 장춘달의 옆구리가 반으로 꺾어지며 삼 장이나 튕겨져 바닥에 처박혔다.

"춘달이!"

"고, 공자!"

"장 대협!"

장춘달이 나가떨어지자 금섬상단의 인물들이 깜짝 놀라 외쳤다.

나척승은 원래부터 그곳에 서 있던 것처럼 뒷짐을 지고 바닥을 구르고 있는 장춘달을 쳐다보며 말했다.

"아무도 나서지 마라. 누구라도 움직이면 내 이름을 걸고 갈가리 찢어주마."

시선은 장춘달을 향해 있었지만 목소리는 모두를 향하고 있었다. 나척승의 목소리에 스민 스산한 살기에 그곳에 있던 이들이 움찔거리며 뒷걸음질쳤다.

"흑룡선은… 장강의 자부심이다. 그리고… 나 나척승의 분신과도 같은 것이다."

나척승의 몸에서 서릿발과 같이 날카로운 기운이 뿜어 나오며 장춘달을 향해 한 걸음씩 다가섰다.

"일어나라. 아직 멀었다. 고작 한 방에 죽이려고 했으면 장강 밖으로 나오지도 않았다."

나척승이 쓰러진 장춘달의 일 장여 앞에서 멈추어 서서 나지막하게 말했다. 그의 말에는 농도 깊은 분노가 가득히 깔려 있었다.

“커억! 시팔! 우라질… 엄청 아프네.”

바닥에 쓰러졌던 장춘달이 옆구리를 잡고 욕설을 내뱉었다.

“두목… 이라 이거지?”

장춘달은 낮은 목소리로 투덜거리며 몸을 일으켜 세우고 허리를 비틀어 몸을 풀었다.

“으윽!”

늑골이 부러진 것인지 짜릿한 아픔이 전해져 왔다.

“영감, 센데? 하지만 이 정도 고통쯤이야 미친 노인에 비하면 아무것도 아니야.”

장춘달이 나척승을 노려보며 주먹을 움켜쥐었다.

나척승은 장춘달이 말하는 미친 노인이 누구를 가리키는 것인지는 몰랐지만 일어선 장춘달을 향해 고개를 끄덕이며 싸늘하게 말했다.

“그래, 응당 그래야지. 그 정돈 참아줘야지. 안 그러면 내 화가 안 풀리거든. 죽지도 못하게 짓이겨줘야 좀 풀리겠어.”

“지랄하고……. 어디 해봐.”

장춘달이 이죽거리며 깊이 숨을 들이쉬었다.

들이쉰 숨에 가슴이 부풀어 오르고 사지백해를 타고 퍼져 나가자 옆구리의 고통이 완화되는 것 같았다.

"호오?"

왠지 조금 달라진 듯한 장춘달의 모습에 나척승이 살짝 놀란 표정을 지었다.

"좋아, 그쯤 되니 모삼충이 저 빙신을 두들겨 패고 흑룡선을 침몰시켰겠지."

뒤에 있던 모삼충을 슬쩍 째려본 나척승이 가볍게 발을 굴렀다.

'……!'

장춘달의 눈이 또다시 부릅떠졌다. 하지만 처음과는 달리 이미 장춘달의 시선은 나척승을 쫓아 머리 위를 향하고 있었다.

나척승이 머리 위에서 나타나 어깻죽지로 발을 내리찍어 왔다.

장춘달은 다급하게 뒷발을 내디뎌 몸을 뒤로 빼었다.

꾸앙!

목표를 잃어버린 나척승의 발이 장춘달이 있던 지면을 찍어 누르며 깊이 박혀들었다. 아마도 맞았으면 어깻죽지가 부러진 것으로 끝나지 않았을 것이다.

뻐억!

나척승이 지면을 밟은 소리와 뼈마디가 부딪치는 소음은 동시에 터져 나왔다. 몸을 물렸던 장춘달이 재빨리 달려들어

나척승의 얼굴을 향해 주먹을 뻗은 것이다.

비록 십자로 들어 올린 방어로 인해 유효타가 되지는 못했지만 나척승은 적잖이 놀라고 있었다.

"제법이다만……."

주먹을 가로막은 나척승의 손이 물 흐르듯이 움직여 장춘달의 손목을 잡아채었다.

"이따위 실력으로는 어림도 없다!"

쩍!

나척승이 오른발을 곧게 세워 장춘달의 복부에 틀어박으며 잡았던 손목을 놓았다.

"껵!"

외마디 비명 소리와 함께 장춘달이 새우처럼 꺾여 튕겨 나가 아름드리나무에 부딪치고는 바닥에 떨어졌다.

"쿨럭!"

장춘달은 뱃속의 내장이 끊어지는 것만 같은 충격을 느끼며 콜록거렸다. 기침을 타고 핏물이 흘러나왔다.

"도, 도와야 하지 않습니까?"

유금척이 잔뜩 질린 모습으로 물었다.

자신이 내뱉은 말이지만 얼마나 부질없음인지 잘 알면서도 어쩔 수가 없었다.

"돕는다구요? 불가능합니다. 이곳에 있는 전원이 목숨을

건다 해도… 그를 막을 순 없을 겁니다. 그는… 장강수로의
왕입니다.”

왕천일이 고개를 내저으며 침통한 표정을 지었다.

자신이라고 왜 장춘달을 구하고 싶지 않겠는가? 하지만 상
대는 수룡왕이었다. 가능성이 있는 싸움이 있고 불가능한 싸
움도 있는 법이다. 아니, 불가능하다면 일말의 가능성이라도
찾을 것이다. 하지만 나척승이라는 상대는 가능성마저도 사
라지게 만드는 상대였다.

고작 두 번의 공격에 장춘달은 머리가 울려오고 뼈마디가
아파왔다.

“하아……!”

어금니를 깨물며 일어난 장춘달이 고통을 집어삼키며 나
척승을 노려보았다. 마치 아무 일도 없었던 것처럼 뒷짐을 지
고 눈을 내리깔아 자신을 보고 있는 모습이 너무도 위풍당당
해 보였다.

“퉤! 제길… 뭔 놈의 수적패 두목이…….”

장춘달이 입 안에 가득 모인 핏물을 바닥에 내뱉었다.

“후우! 좋아, 좋아. 모처럼 옛날 기분 나고 좋아.”

머리를 좌우로 흔들어 굳은 목을 풀고 온몸의 근육을 이완
시켰다. 거칠어졌던 호흡이 가라앉고 흥분되었던 마음이 차
분하게 안정되었다.

“어이!”

“……”

두 손을 허리에 올리고 쳐다보는 장춘달의 모습에 나척승이 아무 말 없이 눈을 찌푸렸다.

“센데? 놀랐어. 요즘 영감들은 죄다 무슨 보약이라도 처먹는 거야?”

“……”

“비은이라는 노인도 그렇고… 미친 영감도 그렇고……”

장춘달의 눈매가 가늘어졌다.

오른손을 쥐어 옆구리에 붙이고 왼손을 뻗으며 자세를 잡자 이전과는 다른 기운이 느껴졌다.

장춘달의 모습에 나척승의 눈에 이채가 어렸다. 뒷짐을 지고 있던 그가 손을 내리고 자신의 주먹을 바라보았다.

‘근래에… 수련을 게을리 했더니……’

아무리 가볍게 뻗은 주먹이었다고는 하지만 자신의 주먹을 두 번이나 얻어맞은 자가 아무렇지도 않게 서 있는 것이 이해가 되질 않았다.

‘고작 저따위 놈이……’

지금쯤 장춘달은 엎어져서 숨도 못 쉬고 있거나 잘못했다고 싹싹 빌어야 마땅할진대 피를 토해내고 흙투성이가 되어버렸음에도 장춘달의 모습은 처음과 다를 바가 없어 보였다. 분명 수룡왕의 주먹을 허용했음인데도 그의 기세는 고요하기만 했다.

"큭큭… 제대로 해볼 모양이지? 좋아, 그렇게 나와야지.
암!"
지켜보던 만생 노인의 입가에 미소가 생겨났다.
"……."
긴장한 채로 둘의 싸움을 보고 있던 능소화가 만생 노인의
말에 고개를 갸웃거렸다.
수룡왕 나척승.
능소화의 아비 마교주 능천세마저도 인정한 무인이 바로
그였다.
'중원 무인 중에 나와 대적할 몇 안 되는 인물 중 하나' 라
는 표현까지 섞어가며 칭찬했던 것을 능소화는 똑똑하게 기
억하고 있다. 그런데 그런 상대를 만나 싸우고 있는 장춘달이
이제까지 실력을 보이지 않았다는 투로 말하는 만생 노인의
말이 이해가 되지 않았다.
능소화가 쳐다보자 만생 노인이 누런 이빨을 드러내며 웃
었다.
"궁금하지 않느냐, 저놈의 본 실력이? 관심이 있으면 하나
도 빼놓지 말고 보도록 해라. 수룡왕 저놈이 진짜로 해볼 생
각이라면… 음, 어렵겠지. 하지만 수룡왕도 적잖이 놀라게 될
게다."

수룡왕과 장춘달을 향해 고정된 만생 노인의 시선에 능소
화가 다시 둘의 싸움을 향해 고개를 돌렸다.

"후우……!"
장춘달의 가슴이 한껏 부풀어 올랐다가 가라앉았다.
한 줌의 호흡이 폐부를 가득 채웠다가 사지백해로 퍼져 나
갔다. 온몸을 휘돌아 나간 숨이 다시 한곳으로 모여 입과 코
를 향해 빠져나갔다. 미친 노인의 곁을 떠난 이후로 처음이었
다. 모처럼 온몸에 활력을 불어 넣은 것이다.
몸 안의 기운이 호흡을 타고 휘돌자 장춘달의 입가에 미소
가 어렸고, 눈에는 밝은 빛이 어렸다.

"이놈아! 네놈이 천잰 줄 알았더냐! 네놈은 둔자다! 미친 듯이
노력해도 모자랄 판에! 누차 말했지 않느냐! 움직임은… 뇌전보
다 빠르게!"

가끔씩 정신이 돌아와 자신을 호되게 질책했던 미친 노인
의 음성이 머릿속을 맴돌았다. 장춘달은 마치 그 말을 되뇌듯
이 중얼거렸다.
"움직임은… 뇌전보다 빠르게."
"뭐?"
나지막한 중얼거림에 나척승이 눈을 찌푸리는 순간 장춘

달이 가볍게 지면을 박찼다.

"……!"

사라졌다.

아무리 눈을 찌푸렸다고 하지만 장춘달의 모습이 나척승의 시야에서 흔적도 없이 사라져 버렸다.

순간적으로 장춘달의 신형을 놓쳐 버린 나척승이 두 눈이 찢어져라 부릅떴다.

하지만 놀람도 잠시, 옆구리를 파고드는 기운에 나척승이 다급하게 양팔을 모아 십자형으로 막았다. 걸음을 물려 피하기에는 전해져 오는 기운의 속도가 너무나 빨랐기 때문이다.

쩍!

나척승의 한쪽 얼굴이 와락 일그러졌다.

둔탁하게 전해지는 묵직함.

어느새 자신의 옆구리로 파고든 장춘달의 주먹이 십자형으로 막은 그의 팔뚝을 두들겼고, 그 주먹에 실린 힘에 나척승은 몸이 슬쩍 떠오르는 듯한 기분이 들었다.

나척승이 중심을 잡기 위해 재빨리 서너 걸음을 물리며 몸을 지지해 세웠다.

"공격은… 폭풍이 휘몰아치듯이!"

또다시 들려오는 나지막한 중얼거림.

나척승은 놀랄 새도 없이 반대편으로 팔을 옮기며 중심을 실었다.

쩍!

또 한 번 묵직한 주먹이 그의 양팔을 두들겼다.

막을 것이라 생각한 나척승의 몸이 주먹에 실려 있는 힘을 이겨내지 못하고 휘청거렸다.

'이… 이런!'

가까스로 왼발을 지지하며 몸을 세우려는데 마치 장춘달이 중얼거리며 예고한 것처럼 사방에서 주먹이 휘몰아쳐 들어오기 시작했다. 장춘달의 모습이 보이지 않았지만 그가 어떻게 움직이고 있는 것인지 확연히 드러날 정도로 흙이 튀어 올랐고, 어김없이 그의 주먹이 좌우에서 날아왔다.

쩍! 쩍! 쩍! 쩍!

정확할 정도로 같은 위치, 같은 힘을 가지고 좌측과 우측을 번갈아가며 날아오는 주먹에 나척승은 피하지 못하고 방어하기에만 급급했다.

눈에 보일 정도로 정직한 공격이었지만 문제는 너무 빠르다는 것이었고, 주먹에 실린 힘이 더욱더 거칠고 강해지고 있었다.

'크윽!'

벌써 수십여 번의 공격을 막은 나척승이 양팔에 느껴지는 아릿한 아픔에 눈을 찡그렸다.

경기공을 일으켜 보호하고 수십 년간 몸을 단련해 쇠보다 단단하다 생각했던 자신의 근육이 장춘달의 계속되는 공격에 고통스러운 비명을 지르기 시작했다.

또한 막고 있지만 장춘달의 공격에 저려오던 팔에 마비가 오는 것만 같았다.

쩍!

또 한 번의 묵직한 공격이 양팔을 통해 느껴졌다.

"큭!"

목까지 억눌러 놓았던 신음성이 나척승의 입을 통해 새어 나왔다.

장춘달의 주먹은 점점 더 빨라져서 나척승은 어느 쪽에서 공격해 들어오는지조차 알지 못하게 되었다.

좌측 편의 공격을 막아냄과 동시에 재빨리 우측으로 팔을 옮기려는 사이 장춘달의 묵직한 주먹이 나척승의 빈 옆구리를 강타했다.

우두둑!

주먹이 늑골을 부서뜨리듯이 치고 올라오자 나척승의 얼굴이 고통으로 물들었고, 옆으로 접혀진 몸이 한 뼘이나 떠올랐다.

고통에 일그러진 나척승의 표정이 당혹감으로 물들었다.

장춘달의 주먹이 다시금 좌측을 노리고 들어온다면 완전히 무방비 상태가 될 터였다.

나급해진 나척승이 온몸의 공력을 재빨리 양팔에 밀어 넣으며 좌측 편을 막아갔다.

뼈거걱!

예상했던 대로 장춘달의 주먹이 나척승의 팔뚝을 때렸다.

하지만 이미 몸이 공중에 띄워진 나척승은 신형은 장춘달의 주먹에 실린 힘을 이기지 못하고 튕겨져 나가 버렸다.

나척승의 몸이 바닥을 뒹굴었고, 장춘달의 공격이 멈추어졌다.

"후우!"

공격을 멈추고 긴 숨을 내뱉는 장춘달의 모습에 둘의 싸움을 지켜보던 이들은 숨소리조차 내지 못하고 입만 떡하니 벌렸다.

강호의 최고수 중의 하나인 수룡왕 나척승이 눈앞에서 바닥을 뒹굴게 만든 것이 듣도 보도 못했던 상단 호위라는 사실이 믿기지가 않았다.

마도의 소교주 능소화도, 녹림의 맹호 도일출도, 금섬상단을 호위해 온 철각 왕천일도 짧은 신음성조차 내지 못하고 장춘달과 쓰러진 나척승을 번갈아 쳐다보았다.

"크윽!"

얼굴이 시뻘겋게 달아오른 나척승이 몸을 일으키려다가 장춘달에게 얻어맞은 옆구리를 잡고 한쪽 무릎을 꿇었다.

'제길… 세 대쯤인가?'

늑골이 나간 것이다.

내공으로 보호하고 있던 늑골이 이름도 들어보지 못한 장춘달의 주먹에 맞아 부러졌다는 것은 말도 안 된다고 생각했다. 더구나 주먹을 막았던 양팔에 주먹 자국이 선명하게 남았고, 들어 올리기 힘들 정도로 저려왔다.

"으드득!"

화가 난 나척승이 어금니가 부러질 정도로 강하게 씹으며 몸을 일으켰다.

"네놈……."

억눌린 듯한 나척승의 목소리에 분노가 배어 나왔다.

장춘달을 노려보는 두 눈에 광포함이 어리고, 그의 온몸에서는 형용하기 힘들 정도로 강렬한 기운이 뿜어져 나오기 시작했다.

"제법이구나. 놀라웠다."

걸음을 옮길 때마다 아릿한 고통이 옆구리를 통해 전해져 오자 더욱더 화가 치밀어 올랐다.

"이 무림을 떠도는 어린놈들 중에 너만 한 놈이 있는 줄 몰랐구나. 하지만 오늘 나를 만난 것이 천추의 한이 될 게다."

뒷짐을 지고 있던 수룡왕 나척승의 양팔이 내려졌다.

아무리 본신의 내력을 사용하지 않았다고 하지만 수하들이 보는 앞에서 볼썽사납게 바닥에 처박힌 것이 너무도 화가 났다.

"옆구리가 욱신거릴 정도로 강했다만… 네놈… 살려서 괴롭혀 주려 했는데… 지금부터 죽여주마. 네놈뿐만 아니라 금섬상단의 모두를 죽여주마.”

한 걸음씩 천천히 걷는 나척승이 오른손을 들어 올렸다.

펴올린 그의 손바닥에 작은 회오리가 몰려들었다.

회오리는 바람을 일으키며 모여들어 십 장여 밖에 있는 무인들이 느낄 정도로 강렬한 기운을 뿌려내었다.

장춘달이 신기한 듯이 쳐다보는 사이 나척승의 손 안에 모여든 기운이 주먹만 한 모양으로 응축되었다.

“가, 강기 구슬!”

나척승이 만들어낸 구체를 알아차린 능소화가 주먹을 쥐고 벌떡 일어났다.

나척승을 지금의 위치로 만들어준 최고의 신기!

탄강의 일종인 그것은 몸 안의 내공을 응축해 만들어내는 순수한 강기였다.

“아, 안 돼.”

능소화의 입에서 힘 빠진 목소리가 새어 나왔다.

혈돈의 적혈마강을 주먹으로 후려쳐 버린 장춘달이었지만 수룡왕의 강기 구슬은 그 강함에서 차원을 달리했다.

광혈기에 의해 아무렇게나 만들어진 강기와 비교 자체가 되지 않을 순수하고 강한 것이 수룡왕의 강기인 것이다.

“막아야 해. 저대로 두면…….”

능소화가 당장에라도 뛰어들어 막아서려는데 만생 노인이 그녀의 옷자락을 잡아당겼다.

“그냥 두어라. 너라고 막을 수 있을 것이라 생각하느냐?”

“놓으세요. 지난번처럼 주먹으로 후려칠 수 있는 것이 아니란 말입니다.”

다급한 능소화와는 달리 만생 노인의 표정은 태평하기만 했다.

“쯧쯧… 아직 멀었구나. 그만큼 옆에서 보았으면 알 법도 한데.”

“예?”

“충분할 게다. 나가(羅家) 저놈이 온 힘을 다하면 모를까, 저 정도로는 아직 끄떡없다.”

“…….”

만생 노인의 말에 능소화가 불안한 표정으로 장춘달을 쳐다보았다.

“신기한데?”

장춘달은 나척승이 만들어낸 강기 구슬이 얼마나 대단한 것인지 모르고 눈을 빛내며 이죽거렸다.

“큭큭… 신기하겠지. 네가 한번 맞아보면 신기하다는 생각은 안 들 거다.”

장춘달의 이죽거림에 나척승이 싸늘하게 웃었다.

“그걸 강기라고 부른다지?”

“오냐.”

“해봐!”

"뭐?"

"해보라고. 궁금했거든. 얼마 전에 돼지 놈의 강기를 한번 부딪쳐 본 적이 있지."

장춘달이 손목을 풀며 이죽거렸다.

그의 시선이 닿은 곳에 있던 나뭇가지가 바람도 불지 않았음에도 움찔거리자 장춘달이 피식 웃었다.

"어딘가 부조화스러워 보이는 강기였지. 미친 노인이 언젠가 나한테 말했거든. 주먹질을 극성으로 갈고닦으면 강기도 후려칠 수 있다고 말이야."

"……."

나척승은 순간 장춘달이 미친 것은 아닌가 하는 생각이 들었다.

한데 가만히 생각해 보니까 언젠가 장춘달과 비슷한 말을 들었던 기억이 머리를 스치고 지나갔다.

"재미있군, 재미있어. 똑같은 말을 하는군. 분명히 네놈의 말처럼 그런 사람이 하나 있었지. 하나… 네놈 따위가……."

나척승은 기억을 더듬어 누군가를 생각하다 장춘달을 쳐다보고는 무리라고 생각했는지 피식 웃어버렸다.

"좋아, 네놈 말처럼… 받아내면… 살려주지."

송곳니를 드러내며 미소를 지은 나척승이 양손을 포개며 구슬처럼 만들어진 기운을 양손에 나누어 담았다.

"나선탄강(螺線彈罡)에 죽는 것을 영광으로 생각해라, 꼬마!"

나척승이 싸늘한 표정으로 손을 뻗어내자 강기의 구슬이 그의 손을 떠나 장춘달을 향해 쏘아져 나갔다.

콰콰콰콰!

강기의 구슬이 엄청난 속도로 회전해 대기를 찢어발기며 기다란 꼬리를 만들어내었다.

"받아주지!"

장춘달이 쾌속하게 쏘아져 들어오는 나선탄강을 보며 히죽 웃고는 주먹을 움켜쥐어 뒤로 뻗었다.

힘주어 디딘 발이 바닥 깊숙이 박혀들었고, 굽혀진 다리에 근육이 부풀어 올랐다.

나선탄강이 한 자 앞으로 다가오는 순간, 온몸의 힘을 끌어모은 장춘달이 커다란 포물선을 그리듯이 주먹을 휘둘러 강기의 구슬을 후려쳤다.

쩌어엉!

나선탄강의 회전력과 장춘달의 주먹이 부딪치며 폭음을 만들어내었다.

'으그극!'

후려쳐 낼 수 있으리라 생각했던 나선탄강은 장춘달의 생각처럼 가볍지 않았다.

뻗어낸 주먹은 고작 강기의 기운의 속도를 늦추었을 뿐 그 회전력을 반감시키지 못했다. 막대한 반탄력에 주먹이 밀려났고, 회전력에 주먹의 피부가 갈기갈기 찢겨 나가는 것만 같왔다.

　장춘달은 어금니를 강하게 깨물며 뒷발을 지면에 탄탄하게 받쳤다. 하지만 나척승의 강기는 후려쳐 낼 수 있을 만큼 우습지 않았다.

　'제길!'

　자만심이 부른 화였다.

　장춘달은 어금니를 깨물며 주먹에 힘을 주었다.

　"끄아아압!"

　용을 쓰듯이 지지한 뒷발이 지면의 흙을 밀어내며 깊숙이 박혀들었고, 장춘달은 기합성과 함께 온 힘을 집중했다.

　이마에 힘줄이 돋아 오르고 팔뚝에 지렁이처럼 굵은 핏줄이 불거져 나왔다.

　꽝!

　온 힘을 집중해 가까스로 뻗어낸 장춘달의 주먹에 나선탄강이 방향을 비껴 나가 나무에 부딪쳐 폭발했다.

　강기의 폭발에 휩쓸린 삼 장여의 공간이 초토화되었고, 나선탄강을 주먹으로 튕겨 버린 장춘달이 긴 족적을 남기며 원래 있던 곳에서 한 장이나 밀려 나가 서 있었다.

　"……."

　자신의 나선탄강을 튕겨 버린 장춘달의 모습에 나척승은 두 눈을 부릅떴다.

　피한 것도 아니고 정면으로 부딪쳐서 튕겨내었다.

무엇이든지 꿰뚫어 버린 자신의 강기가, 이제까지 동등한 위력의 강기가 아니라면 한 치의 물러남도 용납하지 않았던 그의 강기가 고작 피륙으로 만들어진 주먹에 튕겨 나간 것이다.

지금의 상황에 그 누구도 말을 하지 못했다.

"네, 네놈… 어떻게……."

나척승은 눈앞에서 벌어진 믿을 수 없는 상황에서 어떤 말을 해야 할지 몰랐다. 하지만 왠지 모를 분노가 차오르기 시작했다. 마음속으로 지독한 패배감이 밀려오기 시작한 것이다. 피한 것도 아니고 맞부딪쳤음에도 자신의 기운을 이겨낸 장춘달에게 패한 것이다.

칠십 년이나 무공에 미쳐 있었던 그의 독문 무공이 고작 약관을 넘긴 놈에게 밀렸다는 사실을 용납하고 싶지 않았다.

"네놈……."

나척승의 미간이 일그러지고 눈에서는 광포한 기운이 흘러나왔다.

자신의 패배를 인정할 수가 없었다.

눈앞에 있는 씹어 먹어도 시원치 않을 놈에게 살기가 치밀어 올랐다.

그의 분노는 금세 그의 기운으로 드러났다.

이전까지가 온화한 바람과 같은 기운이었다면 지금 그의 몸에서 끓어오른 기운은 모든 것을 파멸로 몰아갈 정도로 무시무시한 기운이었다.

순식간에 엄청난 양의 기운이 몰려들어 그의 손을 타고 수 개의 구슬이 만들어져 허공으로 떠올랐다.

"죽여 버리겠다."

나척승의 입에서 스산한 한기를 머금은 목소리가 흘러나왔다.

'우라질! 괜히 화를 돋워놓았나?'

그와 마주한 장춘달의 표정이 일그러졌다.

나척승의 강기는 상상 이상이었다.

주먹을 다시 쥐어보았지만 아릿한 통증에 힘이 들어가지 않았다.

주먹 뼈가 으스러진 듯했다. 막을 수 있을 것이라 생각했는데 튕겨내는 것이 고작이었다. 나척승의 강기는 상상을 초월하고 있었다. 더 이상의 싸움은 무의미했다. 으스러진 주먹으로 나척승을 이길 수 있을 것이라는 생각이 들지 않았다. 피하면 그만이었지만 잘해야 무승부라는 것은 불 보듯 뻔한 일이었다.

[그만.]

광포하게 휘몰아치는 기운을 뚫고 한줄기 전음성이 나척승의 귓가를 파고들었다.

하지만 나척승은 멈추지 않았다.

휘저은 그의 손을 따라 강기의 구슬이 서서히 회전하며 장춘달을 향해 움직이려는 찰나, 나척승의 정신을 일깨우듯이 전음성이 귓전을 강하게 때렸다.

[쯧! 받아내면 살려준다고 약속하더니… 안 본 사이에 치졸해졌구나!]

"……."

장춘달을 향해 강기를 뿌려내리던 나척승이 멈칫하며 표정을 굳혔다.

[놈, 내가 기억하기로는 한 입으로 두말하는 성격이 아닌 줄로 안다만…….]

귓전을 파고든 전음에 나척승이 장춘달을 공격하려다 말고 매서운 눈으로 주위를 살폈다.

자신의 광포한 모습에 잔뜩 긴장해 움츠린 녹림의 태산채, 자신의 수하들, 그리고 금섬상단의 인물들…….

"……!"

나척승의 시선이 금섬상단에 머물렀고, 두 눈에 경악의 빛이 생겨났다.

[호호호, 오랜만이구나, 나가야.]

"……."

전음성의 주인이 자신임을 알리듯이 히죽 웃는 만생 노인의 얼굴이 나척승의 눈 가득히 들어왔다.

"어, 어떻게… 당신이…….."

만생 노인의 얼굴을 알아본 나척승이 떨리는 음성으로 중얼거렸다.

　폭풍처럼 끌어올랐던 기운이 언제 그랬냐는 듯 흔적도 없이 가라앉고, 그의 주변을 회전하던 강기의 구슬이 꺼지듯이 사라져 버렸다.

　[흑룡선이 부서진 것은 내가 대신 사과하마.]

　사과.

　그 말의 의미는 무척이나 크다.

　적어도 나척승이 알고 있는 만생 노인의 진정한 정체를 생각한다면 있을 수 없는 일이었다.

　전대 강호를 이끌었던 불패의 존재 중 하나이자 그 이름만으로도 전 중원을 벌벌 떨게 했던 그다.

　"의협(醫俠) 강……."

　[멍청한 놈. 그 입 다물지 못하겠느냐!]

　귓전을 때리는 전음에 나척승이 입을 다물어 버렸다.

　순간적으로 만생 노인의 눈을 스쳐 지나가는 엄청난 존재감을 보았기 때문이다.

　[어째서 당신이 이곳에 있는 것입니까?]

　[있으면 안 되는 게냐?]

　만생 노인이 눈을 샐쭉하게 뜨고 나척승을 쳐다보았다.

　[아, 아닙니다. 제가 어찌 감히…….]

　나척승이 그 시선을 피하며 다급하게 변명을 했다.

　[그만하고 물러나거라.]

[예? 그게 무슨? 흑룡선이 가라앉았습니다. 장강의 자존심인 흑룡선이…….]

항변이라도 하려는 듯이 말하려는데 만생 노인의 입가에 싸늘한 미소가 지어졌다.

[자존심이라……. 내 분명 너에게 사과한다 했거늘… 네놈은 아마도 장강의 터전을 강호에서 지워 버릴 생각인 모양이구나.]

[…….]

나척승이 놀란 눈으로 말을 멈추었다.

'장강을 강호에서 지워 버릴 생각.'

그 말은 노인이 장강수로채를 무너뜨릴 것이라는 말이다. 하긴 그가 마음을 먹는다면 장강수로채가 아니라 사사련이 쑥대밭이 될 것이 분명했다.

나척승의 목울대로 '꿀꺽' 소리와 함께 침이 한 움큼이나 넘어갔다.

[무, 물러나겠습니다.]

[흐흐흐, 잘 생각했다. 응당 그리해야지.]

만생 노인의 입가에 지어졌던 미소에 싸늘함이 사라지자 나척승은 속으로 안도의 한숨을 내쉬었다.

[그나저나 하나 물어도 되겠느냐?]

[하명하십시오.]

[네놈의 주인이 바뀌었더냐?]

[예?]

[사사련의 주인이 바뀌었나 묻고 있는 것이다. 내 분명 사마(死魔) 그 친구에게 금섬상단에 대해 관심을 갖지 말라 일렀거늘. 쯧.]

[……]

그랬던 것인가?

사마(死魔), 통칭 죽음의 귀신. 지금의 사황인 종리강의 아비 종리추를 말함이었다.

나척승은 그제야 기억을 더듬어 오래전 사마 종리추가 금섬상단의 장강수로 이용에 관여하지 말라던 말이 떠올랐다.

'그랬군. 금섬상단에 이분께서 계셨던 것이군.'

나척승은 온몸에 소름이 돋아 오르는 것만 같았다.

거칠게 숨을 내몰아 쉬며 자신을 노려보고 있는 장춘달을 보고는 다행이라는 생각이 들었다.

만약 처음부터 그를 죽일 생각을 했었다면 만생 노인의 말대로 장강수로채는 더 이상 역사를 이어가지 못했을 것이다.

[그만 돌아가거라. 조만간 내가 사사련을 찾아가겠다.]

[예? 지, 직접 말입니까?]

나척승이 깜짝 놀라며 만생 노인을 쳐다보았다.

[그럼 직접 가지, 누가 간단 말이냐?]

[……]

나척숭은 침만 꼴깍거렸다.

[알겠습니다.]

더 이상 말했다가는 만생 노인의 화만 돋울 뿐이라는 것을 느낀 나척숭이 아무 말도 하지 못하고 물러났다.

무시무시한 기세를 뿌리며 당장에라도 일대를 쓸어버릴 것 같았던 나척숭이 갑자기 공력을 풀어버리고는 멈추어 서 있자 그곳에 모여 있던 모두가 고개를 갸웃거렸다.

한참의 시간이 흐르는 동안 나척숭의 표정은 당황, 놀람, 긴장으로 보이는 다양한 표정을 선보이며 우두커니 서 있었다.

그렇게 한참 만에 나척숭의 입이 떼어졌다.

"마룡!"

"예, 총채주!"

나척숭의 부름에 마룡이 커다란 도를 뒤로 감추며 무릎을 꿇고 공손하게 명을 기다렸다.

"돌아간다. 신속하게 정비해서 본채로 간다."

"예? 그게 무슨……?"

갑자기 돌아간다니, 마룡뿐만 아니라 모두가 그 의미를 이해하지 못하고 멀뚱거렸다.

"마룡! 듣지 못했니?"

자신의 명령에도 마룡이 아무런 움직임을 보이지 않자 나척숭이 고개를 돌려 눈을 부라렸다.

"아, 아닙니다."

나척숭의 번들거리는 눈빛에 마룡이 겁을 집어먹고 일어나 수하들을 수습하기 시작했다. 아무것도 한 일이 없이 갑자기 돌아간다니 어이가 없었지만 장강의 제왕이 직접 내린 명령이니 모두가 반문을 하지 못했다.

"초, 총채주님, 그게 무슨 말씀이십니까? 련에서는 분명……."

옆에 있던 도일출이 나척숭을 향해 따지듯이 묻다가 그의 무시무시한 눈빛을 받고 말을 집어삼켰다.

"네가 지금 내 의견에 토를 다는 것이냐?"

"아, 아닙니다. 그런 뜻이 아니라……."

"시끄러워! 내가 돌아간다면 돌아가는 거야!"

"……."

"니들도 돌아가는 게 좋을 게야. 하긴 우리가 가고 싸워봐야… 니네놈에게 승산은 없어 보인다만……."

나척숭은 여전히 자신을 노려보며 투기를 보이고 있는 장춘달을 힐끗 쳐다보았다.

"꼬마, 운이 좋았구나. 하나 다음에 다시 만난다면 목을 걸어두는 것이 좋을 게다."

나척숭이 으드득 소리가 나도록 어금니를 깨물며 몸을 돌렸다.

　장춘달과 나척숭을 번갈아 쳐다보던 도일출이 황급히 나
척숭을 따르며 외쳤다.

　"총채주님!"

　"시끄럽다, 이놈아! 아직 귀 안 먹었다!"

　나척숭이 짜증 섞인 음성으로 도일출의 말을 막았다.

　"일출아, 네놈도 널브러진 수하들 데리고 산에 짱박히는
게 좋을 게다. 내 말 무슨 뜻인지 지금은 이해되지 않겠지만
그편이 네놈 신상에 좋을 게야. 아마 조만간 네놈 두목인 곤
왕(棍王) 그놈도 잘했다고 칭찬해 줄 테니까."

　"……."

　도일출은 나척숭이 무슨 의도로 그렇게 말하는 것인지 갈
피를 잡지 못했다.

　"그럼 수고해라."

　나척숭이 우거지상을 하고 있는 도일출을 향해 이빨을 드
러내며 웃고 몸을 돌렸다. 왠지 그 모습이 한시라도 바삐 이
곳을 떠나고자 하는 듯 보였다.

　나척숭은 금섬상단을 한번 돌아보고는 유금척을 향해 전
에 없이 공손한 모습으로 포권을 했다.

　"실례가 많았소이다, 금불."

　"예?"

　갑자기 아무 일도 없었다는 것처럼 포권을 해오는 나척숭
의 모습에 유금척이 얼떨결에 인사를 받았다.

“혹 다음에 뵙게 되면 오늘 일을 잊고 술이나 한잔합시다.”

“…….”

나척승은 유금척의 대답도 듣지 않고 수하들을 이끌고 돌아가 버렸다.

그 모습에 모두가 할 말을 잃고 멍하니 수룡왕의 뒷모습을 쳐다보았다. 어찌 보면 어이없는 행동이었다.

갑자기 나타나서는 살이 떨려올 정도의 살기와 기세를 풍기고 사방을 휘저어놓고는 아무 일 없었던 것처럼 친근하게 인사하고 사라지는 모습이 정상으로 보이지는 않았다. 하지만 지금 이 순간에 모두에게 든 생각은 ‘살았다’ 라는 것이었다.

“후우!”

철각 왕천일이 참았던 숨을 내쉬며 고개를 내저었다.

수룡왕을 만나게 될 줄은 생각도 못했기 때문이다. 그는 과연 엄청난 고수였다. 정도무림에서도 일부만이 가능하다는 순수한 강기에 소름이 돋아 오르는 것만 같았다.

“그러고 보니…….”

왕천일이 장춘달을 쳐다보았다.

장춘달은 역시 자신이 생각했던 것처럼 보통의 상단 호위 무사가 아니었다. 정도무림맹의 연무장에서도 보았던 그의 실력은 자신의 예상을 훨씬 뛰어넘고 있었다.

비록 한쪽 팔을 못 쓰게 되는 상처를 입었다고는 하지만 주

먹으로 강기를 후려칠 수 있다는 말은 들어보지도 못했기 때
문이다.

'허, 수룡왕과 동수를 이룰 줄이야. 점점 더 그의 정체가
궁금해지는구만.'

왕천일은 장춘달에게서 시선을 떼지 않았다.

아마 자신이었다면 수룡왕의 공격에 힘 한번 못 쓰고 당했
을 것이 틀림없다.

금섬상단 일행에게 다가가려던 왕천일은 우두커니 서서
이러지도 저러지도 못하고 있는 도일출을 보고 피식 웃었
다.

"아직도 해볼 생각은 아니겠지? 수룡왕과 무승부를 이룬
사내야."

"……."

왕천일의 말에 도일출은 대답하지 못하고 장춘달만 쳐다
보고 있었다.

"그만 돌아가는 게 어때? 나나 자네 실력으로는 발끝조차
잡지 못할 텐데 말이야.."

"음……."

도일출의 미간이 좁혀졌다.

옳은 말이었다.

설마하니 이름조차 알려지지 않은 상단 호위가 수룡왕의
행보를 막아설 것이라고는 생각도 못했다. 대충 상황을 들어

보면 장강수로채의 삼대호법 중 하나인 대력혈부 모삼충이
그에게 박살 나고 장강의 자존심과 같은 흑룡선까지 침몰시
켰다는 것인데…….

“제길…….”

다시 싸운다고 해도 승산이 보이지는 않는다 생각한 도일
출은 짧은 욕설과 함께 곤을 어깨에 둘러메었다.

“도대체 저 친구의 정체가 뭐지?”

도일출이 물었다.

“못 들었냐? 상단 호위라잖아.”

“…….”

왕천일의 대답에 도일출이 그를 노려보다 피식 웃었다.

“상단 호위라……. 정체를 밝히고 싶지 않은 모양이군. 좋
아, 오늘은 여기까지 하고 돌아가도록 하지.”

“좋을 대로.”

“하나 너와의 승부는 조만간 다시 가리겠다.”

“흥, 나야말로.”

“…….”

도일출은 왕천일을 노려보다 금섬상단 일행에 섞여 있는
장춘달을 힐끗 쳐다보고는 몸을 돌렸다.

“저놈의 정체는 곧 밝혀지겠지. 왕천!”

“예!”

“태산채로 돌아간다. 수하들을 수습해라.”

“알겠습니다.”
세차게 몸을 돌려 떠나는 도일출의 뒤로 태산채의 산적들
이 부상자들을 부축해 사라졌다.

第七章
염가장을 찾아온 손님

중원상왕

"끄아악!"

고통에 찬 비명 소리.

잘려 나간 머리는 피분수를 뿜으며 차가운 청석 바닥을 뒹굴었다. 달빛을 받아 반짝이는 은백색 칼날에 파인 혈조(血槽)를 따라 핏물이 떨어졌다.

칼의 주인은 무심한 눈으로 바닥을 구르는 머리통을 바라보다 칼을 집어넣었다.

"일월령, 목표의 직계혈육을 제외한 모두를 척살했습니다."

복면을 쓴 사내가 새파랗게 빛나는 검을 쥔 채 달려와 보고

하자 일월령이라 불린 흑의복면인이 시선을 돌린다.

작은 연못을 두어 제법 흥취를 더하던 염가장의 안뜰이 혈향과 귀기로 가득 찬 풍경으로 변해 버렸다.

시신에 박힌 창을 뽑아내며 혀로 입술을 쓸어내는 무인의 모습은 지옥을 탈출한 야차처럼 잔인하게 느껴졌다.

"염치곤은?"

잔혹하게 펼쳐진 살육의 현장임에도 흑의복면인 일월령은 그 눈빛만큼이나 무덤덤한 목소리로 물었다.

"내실에 있습니다."

수하의 보고에 흑의사내가 고개를 끄덕이며 발걸음을 옮겼다.

한가로운 저녁을 보내며 가족과 함께 담소를 나누고 있던 염가장이 혈포를 걸친 무인들이 방문하고 얼마 지나지 않은 사이에 멸문을 당해야 했다.

염가장에 숨 쉬던 모든 생명은 힘 한 번 써보지 못하고 죽어갔다.

그들은 남녀노소를 가리지 않았고, 목을 베어내면서도 한 치의 흔들림조차 보이지 않았다.

해맑은 웃음을 지으며 그 아비로부터 귀여움을 톡톡히 받았을 것 같았던 아이는 고통스럽게 울부짖으며 죽어갔고, 그 어미는 아이를 보호하려다 던져진 창에 꿰뚫려 죽었다.

겁에 질린 채 바닥에 엎드려 떨고 있던 상단의 인물들은 흑의복면인의 명이 떨어짐과 동시에 혈포의 무인들에 의해 목이 잘렸다.

혈포의 무인들이 부상을 당해 쓰러져 헐떡이는 이들의 명줄을 잘라 버리는 사이 일월령이라 불린 흑의복면인은 뒷짐을 진 채 전각의 계단을 올랐다.

왈칵.

흑의복면인이 손을 대지 않았음에도 전각의 문이 세차게 열렸다.

전각 안에는 물체가 잘 구분이 되지 않을 정도로 작은 침상하나와 검소하게 보이는 탁자가 전부였다.

"……."

염가장의 가장 큰 어른인 염치곤이 병석에 누운 지 오래라약탕 냄새와 병자의 체취가 풍겨 나오자 검은 복면 아래로 드러난 눈이 찡그려졌다.

"쿨럭쿨럭!"

염치곤이 침상에 누운 채 고통스러운 기침을 토해내었다.

흑의복면인은 가벼운 걸음걸이로 침상을 향해 다가가 천장에서부터 내려와 침상을 가리고 있던 투명한 천을 거칠게 뜯어내었다.

얼굴 가득히 피어난 죽음 꽃과 주름이 염치곤의 얼굴을 뒤덮고 있었고, 오랜 병으로 그의 두 눈은 괴기스러울 정도로 퀭해 보였다.

물끄러미 염치곤을 내려다보다 흑의복면인이 말했다.

"염가장의 전가주 염치곤… 그런 이름으로 바꾸어 살고 있다지?"

나지막한 그의 목소리에 염치곤이 누운 채로 힘없이 고개를 돌렸다.

"누… 누구요?"

"오랜만이군. 삼십 년 만인가?"

"……!"

무미건조하기만 한 그의 목소리에 염치곤의 얼굴이 딱딱하게 굳어졌다. 하지만 이내 표정을 지운 염치곤이 영문을 몰라 하며 물었다.

"무슨 말씀이신지…….."

"흥, 발뺌을 하는군."

"……."

"장강상회 회주 매혁린. 그대라면 그의 진정한 신분을 알고 있겠지? 안 그런가?"

"무, 무슨 말을 하는 것인지…….."

"……."

염치곤이 가늘게 떨리는 목소리로 되묻자 흑의복면인이 피식 웃으며 복면을 벗었다.

"다, 당신은!"

　복면인의 얼굴이 드러나는 순간 염치곤은 심장이 멎을 것
만 같은 충격을 느끼고 눈을 부릅떴다.

　복면 아래로 드러난 얼굴.

　얼굴에 기다란 검상이 인상적인 노인이었다. 분명 오래전
염치곤의 기억 속에 있던 인물이 분명했다.

　"매혁린 그놈이 천무제의 서신을 빼돌려 배신하고 의도적
으로 세상에 드러내 장강혈사를 일으킨 덕분에 대업이 무려
오십 년이나 뒤처지게 되었다. 그 오십 년 동안이나 네놈을
찾아다녔지."

　"……."

　검상의 노인 일월령이 새하얀 송곳니를 드러내며 염치곤
을 향해 싸늘하게 웃었다.

　"천무제의 서신은 어디 있나?"

　"모른다."

　"……."

　염치곤의 부정에 일월령의 얼굴이 험악하게 굳었다.

　"모른다……. 죽고 싶은가?"

　순간 내실 안이 살기로 가득 들어차기 시작했다.

　"쿨럭!"

　온몸을 짓누르는 살기에 염치곤이 그 힘을 이기지 못하고
억눌린 기침과 함께 핏물을 토해내었다.

　"불쌍하군. 그래도 한때는……."

일월령이 씁쓸한 웃음을 지으며 오른손으로 자신의 볼에 새겨진 검상을 만지다가 순간적으로 스쳐 오는 기운에 다급하게 몸을 훌쩍 물렀다.

파사사사삭!

살기 어린 검기가 내실을 가득 채우며 뻗어 나와 문을 박살 내고 벽면에 한 치나 되는 깊이의 상처를 만들었다.

"……."

일월령이 잘려 나가 펄럭거리는 앞섶을 바라보며 표정을 딱딱하게 굳혔다.

몸을 뒤로 빼는 것이 한 호흡만 늦었더라면 온몸이 난자당했을 것이다.

내실 안에는 방금 전까지 침상에 누워 고통스럽게 기침을 해대고 있던 염치곤이 언제 들었는지 손에 한 자 길이의 날카로운 비수를 들고 노려보고 있었다. 퀭한 들어간 눈과 깡마른 몸 때문인지 염치곤에게서는 귀기가 흘러나오는 듯했다.

"혈망검(血網劍) 살아(殺牙)……."

일월령은 가늘게 뜬 눈으로 염치곤을 노려보았다.

오래전 자신에게 패배를 안겨주었던 초식이 눈앞에서 펼쳐진 것이다.

"쿨럭!"

염치곤이 기침과 함께 핏물을 흘렀다.

일월령이 그 모습을 쳐다보며 싸늘하게 웃었다.

"제법 놀랐어. 그 몸으로도 여전히 혈망검의 절초를 펼쳐 낼 수 있다니… 성한 몸이었다면 나는 이 자리에서 죽었겠 지?"

일월령이 이죽거리며 염치곤을 향해 다가갔다.

"쿨럭! 아깝군. 네놈만은 저승길 길동무로 삼을 수 있을 거 라 생각했는데……."

염치곤이 가쁜 숨을 몰아 내쉬며 한숨을 내쉬었다.

"오만하군. 네놈이 검을 놓고 상인 행세를 하며 숨어산 지 사십 년이다. 그런데 뭐? 나를 저승길 길동무로 삼겠다고? 큭 큭… 웃기지도 않는 농이군. 네놈이 기름진 음식으로 배를 채 우는 동안 나는 형제들과 습하디습한 어둠에서 풀뿌리를 뜯 어 먹으며 연명했다. 네놈이 배신하며 남긴 이 상처!"

일월령이 부릅뜬 눈으로 자신의 볼에 새겨진 상처를 가리 켰다.

"이 상처에 새겨진 네놈의 검을 이기기 위해 한시도 편히 잠든 적이 없다."

"……."

염치곤은 다시금 비수를 들어 일월령을 공격하고 싶었지 만 이제는 몸 안에 진기가 한 올도 남아 있지 않았다.

언젠가 이런 마지막을 위해 남겨놓은 진기였고, 그것을 써 버린 이상 염치곤은 더 이상 일월령에게 대항할 수 없었다.

"후후, 마지막 발악이었던 모양이지?"

일월령이 혹시나 하는 마음에 조심스럽게 다가서며 물었
다.

노쇠하고 병들어 지친 염치곤이었지만 한창때 태산을 허
물 것만 같았던 그를 기억하고 있는 일월령이었기에 금세 쓰
러질 듯한 모습을 하고 있어도 안심하지 못했다.

하지만 이내 염치곤의 몸에 더 이상 내기가 남아 있지 않다
는 사실을 깨달은 일월령이 한쪽 입꼬리를 말아 올리며 웃었
다.

"흐흐흐, 불쌍한 놈."

퍼억!

일월령의 발이 염치곤의 복부에 깊숙이 박혔다.

염치곤은 그 힘을 이기지 못하고 침상에 부딪쳐 주저앉으
며 한 사발이나 되는 핏물을 토해내었다.

"월령 중 가장 강했던 네놈이 그런 꼬락서니라니… 쯧쯧.
한때는 천무제의 목숨을 노렸을 정도로 뛰어난 암살자였는데
말이야."

일월령이 염심평의 턱을 틀어쥐고 자신의 얼굴을 가까이
가져다 대었다.

"퉤!"

"……."

염치곤이 흐릿해져 가는 눈으로 일월령의 처다보다 핏물
이 섞인 침을 그의 얼굴에 뱉었다.

일월영이 아무렇지도 않게 얼굴을 닦아내며 미소를 지었다.

"좋아, 좋아. 그 정도 강단은 있어야지."

일월령이 염치곤의 턱을 쥐고 자신의 눈에 시선을 맞췄다.

"묻겠다. 그의 서신은 어디에 있나?"

"큭큭… 쿨럭! 큭큭큭."

"……."

일월령의 물음에 염치곤이 기침을 해대면서도 기분 나쁘게 웃기 시작했다.

"뭐가 그리 좋은 거지? 이 상황이 즐겁나?"

염치곤이 잔뜩 찌푸려진 일월령의 얼굴을 보며 웃음을 멈추고 말했다.

"이봐, 네놈이 물으면 내가 '네' 하며 가르쳐 줄 것이라 생각했나? 후후, 어차피 나는 죽는다. 네놈을 죽이고자 혈망검을 사용하며 마지막 모아둔 진기까지 써버린 이상 살아 있는 것이 고작 일각이 넘지 않겠지."

"뭐라고? 네놈이!"

일월령이 염치곤을 향해 눈을 부라렸지만 더 이상 어떠한 방법으로도 그에게서 정보를 얻을 수 없다는 것임을 잘 알고 있었다.

사십 년간 강호를 떠나 있었다 해도 염치곤은 원래 자신보다 뛰어난 암살자였다. 어떠한 고통이라도 그의 인내심을 넘지는 못할 것이 분명했다. 더구나 죽어가는 그에게 남겨줄 수 있는 고통은 아무것도 없었다.

"가족! 그래! 네놈의 가족들이라면!"

일월령이 밖에 있는 수하들을 부르려는데 염치곤이 그를 비웃었다.

"멍청한 놈… 가족들에게 비밀을 발설할 정도로 내가 어리석어 보였나?"

"……"

염치곤의 말에 일월령의 얼굴이 일그러졌다.

"큭큭큭! 쿨럭쿨럭! 이봐, 그만 포기하지. 어차피 네놈들이 이루고자 하는 그것은 세상에 혼란만 불러올 뿐이야."

"닥쳐라!"

일월령은 왠지 마음속에 지독한 패배감이 드는 것만 같았다.

오십 년 전에도 그랬고 지금도 그렇고.

"가족들에게 발설치 않았다면… 네놈만 알고 있겠지. 후후, 좋아. 네놈에게서 직접 듣는 수밖에."

일월령의 입가에 싸늘한 미소가 생겨났다.

"삼월령!"

"예, 일월령!"

뒤돌아보지 않고 외친 그의 부름에 밖에 있던 수하 중 하나가 내실 안으로 뛰어들어 왔다.

“염가의 성을 쓰는 놈이라면 모조리 끌고 와라.”

“예!”

일월령의 명에 삭월이라 불린 자는 한 치의 고민도 없이 대답을 하고 밖으로 나갔다.

염치곤의 눈동자가 내실 문을 향했다.

잠시 후 흑의인들에 의해 끌려 들어오는 이들의 면면을 확인한 염치곤의 동공이 잘게 떨렸다.

좁은 내실이 꽉 찰 정도로 들어온 이들이 무릎을 꿇고 앉았다.

남자며 여인, 작은 아이까지.

모두가 염치곤의 혈육들이었다.

겁에 질리고 지쳐 보이는 그들의 눈동자가 무언가를 바라는 듯한 시선으로 염치곤을 쳐다보았다.

“흐흐흐, 염치곤. 잘 봐라. 네놈의 무거운 입이 가져오는 결과를.”

일월령이 잔인한 미소를 띠며 맨 앞에 무릎을 꿇고 앉은 늙은 여인의 머리칼을 움켜쥐었다.

“…….”

염치곤의 눈이 찢어질 듯이 부릅떠졌다.

언제나 자신의 수발을 들어주며 자애로운 미소를 보여준 부인 한여희의 얼굴이었다.

작은 단도를 손에 쥔 일월령이 염치곤을 바라보며 한여희의 귓가에 대고 속삭였다.

"큭큭큭… 실수로서 가족을 만들었으니 이만한 결과는 이미 예상하고 있었겠지?"

일월령의 단도가 한여희의 목에 대어졌다.

"사, 살려주시오! 살려……."

단도의 차가운 느낌에 한여희가 겁에 질린 목소리로 떨며 사정을 했다.

하지만 눈물 어린 애원을 무시하듯이 일월령의 손에 힘이 들어갔고, 단도의 끝이 그녀의 목젖을 향해 밀려들어 갔다.

"끄르륵."

목울대에서 바람이 빠지는 소리와 함께 핏물이 뿜어져 나와 염치곤의 얼굴에 닿았다.

"말해라. 천무제의 서신은 어디에 있나?"

잔인하게 들려오는 일월령의 목소리에 염치곤이 아랫입술을 깨물었다.

"좋아, 그 정도는 버텨주어야지. 안 그래? 네놈의 처가 죽더라도 다물어진 입이 그리 쉽게 열려서야 되겠나?"

"……."

염치곤은 아무런 대답도 하지 않았고, 한여희는 원망스러운 눈빛으로 염치곤을 바라보다 숨을 거두었다.

일월령이 머리칼을 놓자 한여희의 몸이 바닥에 쓰러졌다.

시신이 움찔거리며 새어 나온 시뻘건 선혈이 바닥을 가득 채웠다.

　무릎을 꿇고 앉은 이들은 눈을 뜨고 차갑게 식어가는 한여희의 모습에 충격을 받았는지 말조차 하지 못하고 입만 뻥긋거렸다.

　"미안하네. 내 죽거든 자네에게 사죄하겠네. 미안하네."

　모두의 애원 어린 눈빛을 저버리듯이 염치곤의 힘 빠진 목소리가 흘러나왔다.

　"그래그래. 계속 그렇게 입을 다물어라. 안 그러면 내가 재미가 없으니까."

　일월령이 한여희의 쓰러진 몸을 넘어 다음에 꿇어앉은 아이의 머리칼을 잡았다.

　일곱 살이 조금 지난 어린아이는 새파랗게 질린 모습으로 버둥거렸지만 염치곤은 두 눈을 질끈 감아버렸다.

　"손자인가?"

　일월령이 히죽 웃으며 아이의 목에 단도를 들이밀었다.

　"아버님!"

　꿇어앉은 이들 중 하나가 염치곤을 향해 발악하듯이 소리를 질렀다.

　"아버님! 이들이 원하는 것이 무엇입니까! 어째서! 어째서!"

　"……."

　아들 염득성의 외침에도 염치곤의 감겨진 눈이 뜨여지지

않았다.

"아버님!"

원망 어린 눈으로 염치곤을 바라보는 사이에 일월령의 단도가 아이의 목을 파고들며 작은 혈포인의 손에 목이 잡힌 아이는 울음조차 토해내지 못했다.

"흐흐흐… 명부에 가거든 네 할아비를 원망하거라. 네 할아비가 가진 비밀 때문에 죽었다 생각하렴."

일월령이 잔인한 미소로 아이의 귀에 속삭이며 염치곤을 쳐다보았다.

"아버… 님……."

염득성의 눈에서 피눈물이 흘러나왔다.

자신의 귀여운 아들의 목에서 흐른 핏물이 가슴을 찢어내는 것만 같았다.

"멈추시오! 아버님께 원하는 비밀, 내가 대답하겠소! 내가 말하겠소!"

"……."

염득성의 말에 일월령이 단도를 멈추고 고개를 돌렸다.

"호오?"

감았던 염치곤의 눈이 부릅떠졌다.

"득성아!"

염치곤의 눈에 힘이 들어갔다.

아니다. 아들은 알지 못했다.

천무제의 서신에 대해서 염득성은 알지 못했다.

"아버님! 그것이 그리 중요합니까? 그 중요한 것이 어머님과 손자의 목숨을 버려가면서까지 지켜야 할 정도입니까!"

피가 토하는 듯한 고함에 염치곤은 아무런 대답도 하지 못했다.

일월령이 둘의 모습을 쳐다보다가 입꼬리를 달아 올리며 미소를 지으며 아이의 머리칼을 놓았다. 아이는 공포에 얼굴이 하얗게 질려 주저앉았고, 염득성의 처가 다급히 달려와 품에 안았다.

"좋아, 일단 네놈이 나에게 해줄 말을 기대하며 아이의 목숨은 잠시 보류해 두도록 하지. 말해봐라. 네가 알고 있는 것이 무엇인지."

일월령이 염득성의 얼굴을 쳐다보았다.

"당신이 원하는 것이 정확히 무엇인지는 모르지만 내가 아는 모든 것을 말해주겠소."

"좋아, 내가 듣고 싶어하는 것은 서신의 행방이다."

"……"

"사람들은 그것을 천무제가 남긴 서신이라 칭한다."

"천무제의… 서신……."

일월령의 말에 염득성이 미간을 찌푸리며 기억을 더듬었다.

역시 들은 기억이 없다.

아무리 기억을 더듬어보아도 자신의 아비인 염치곤으로부터 들어본 기억이 없다.

"말해라. 나는 그리 오래 기다리는 성격이 아니다."

"……."

염득성의 얼굴이 딱딱하게 굳었다.

아들을 살리기 위해 나선 것이지만 그들이 원하는 것에 대해 어떻게 말할 수가 없었다. 염득성의 눈이 염치곤을 향했다.

둘의 시선이 얽혀 복잡한 심정이 드러났다.

'아버님…….'

염득성은 애원하는 눈빛을 보내어보지만 염치곤이 눈을 감으며 고개를 돌려 버렸다.

'정녕…….'

염득성의 눈에 원망과 함께 제 아비에 대한 분노가 가득 차오르고 핏발이 돋아 올랐다.

"쯧… 너무 오래 기다리게 하는군."

일월령이 가늘어진 눈으로 짜증을 드러내며 단도를 움켜쥐었다.

그 순간 염득성의 머리를 스치고 지나가는 기억 하나가 떠올랐다.

어째서 자신이 그 생각을 못했는지 한탄스럽기까지 했다. 근래에 늘 드나들던 이를 제외하고 모처럼 염가장을 드나든 사람은 딱 한 사람뿐이다.

"금… 섬……?"

중얼거리는 듯한 염득성의 목소리에 염치곤의 감았던 눈이 갑자기 뜨여졌다.

그 모습에 단도를 찌르려던 일월령의 눈에 이채가 흘렀다.

"금섬?"

일월령의 시선이 염득성과 염치곤을 번갈아 스쳤다.

염치곤은 자신의 실수를 느끼고 고개를 돌렸지만 당황스러운 표정을 감출 수는 없었다.

'호오? 그렇구만.'

일월령의 입가에 싸늘한 미소가 생겨났다.

"좋아, 아마도 네가 알고 있는 정보가 나에게 도움이 될 모양이군."

"……."

일월령이 염치곤을 쳐다보며 이죽거렸다.

"말해라."

"좋소, 말하겠소. 얼마 전 본가를 찾아온 손님이 있었소. 아버님을 찾아온 이들이었지."

염득성의 말이 이어졌다.

"안 된다! 득성아! 말해선 안 돼! 쿨럭! 쿨럭!"

염치곤이 다급히 소리를 지르다 억눌린 기침과 함께 핏물을 토하며 쓰러졌다.

고통스러워하는 염치곤의 모습에 염득성이 매몰차게 고개
를 돌려 버렸다.

"아버님은 어떠한지 모르지만 저는 제 가족의 생명이 더욱
중합니다."

"쿨럭! 아, 안 된다. 말해선 안 돼……. 혼란이……."

"됐습니다! 그만하세요!"

"…득성아."

염치곤이 힘 빠진 목소리를 내었지만 외면해 버린 염득성
이 일월령을 바라보았다.

"일단 나와 나의 내자, 나의 아들을 이곳에서 옮겨주시오.
그리고 더 이상 본가에 해를 입히지 말아주시오."

"……."

염득성의 요구에 일월령이 무심한 눈으로 물끄러미 쳐다
보다 말했다.

"불가하다."

"……!"

불가하다니?

그게 무슨 말이란 말인가?

"아직 우리의 흔적을 남겨서는 안 된다. 만약 너와 너의 가
족을 남겨둔다면 후환이 생기겠지."

"뭐요?"

일월령의 싸늘한 말에 염득성이 입을 다물었다.

"음… 하나 방법이 없는 것도 아니지. 네가 우리와 함께 간다면 네가 원하는 이를 살려주마. 하지만 더 이상 염가의 성으로 살 순 없을 것이다."

"……."

염득성은 입을 다물고 고민했지만 목숨을 부지하기 위해서는 다른 방법이 없었다.

"좋소, 그리하겠소."

"흐흐흐, 좋아."

일월령이 낮게 웃었다.

"삭월, 이곳을 정리한다."

"존명!"

일월령의 명령에 흑포인들의 움직임이 빨라졌다.

"자, 그럼 가볼까?"

일월령이 좀 전까지의 잔혹했던 표정을 지우고 온화한 모습으로 돌아와 염득성에게 말했다.

"좋소."

밤사이 잔혹했던 흔적을 뒤로하고 염득성과 그의 내자, 아들은 일월령과 흑포인들을 따라 염가장을 빠져나갔다.

[일월령, 염치곤은 어찌할까요?]

뒤처리를 위해 남은 삭월이 전음으로 물었다.

[죽여라. 염가에 숨 쉬는 어떠한 것도 남기지 마라.]

[존명.]

새벽에 이르는 시간.

일월령과 흑포인들이 빠져나간 뒤 남창의 염가장으로 또 다른 인물들이 은밀하게 접근하고 있었다.

"염가장."

술 호로를 들이켜고 소매로 입을 닦아낸 늙은 걸인이 나지막하게 뇌까렸다. 이곳저곳을 기워 붙인 무명의를 입은 그는 바로 비은이었고, 함께 온 이들은 그의 제자 철후와 개방의 정보개들이었다.

"들어갈까요?"

"그래, 들어가야지."

비은은 서서히 밝아오는 여명을 흘낏 쳐다보았다.

비은과 개방의 정보개들이 남창의 염가장을 찾은 이유는 그들이 찾아낸 단서 때문이었다.

우가촌에서 찾아낸 비단 천에 남겨진 글귀를 해석한 결과 그것은 매혁린이 차마 보내지 못한 서신임을 알 수 있었다. 서신의 내용은 암호와 같았다. 그 뜻을 분석을 하는 데만 한 달이라는 시간이 걸렸다.

내용을 정확하게 알 수는 없었으나 그 안에 남은 '남창 개염(改廉:염으로 고치다)' 이라는 글귀가 염가라는 사실을 알 수 있었고, 그것이 사람의 성씨라는 사실도 알아내었다.

'남창에서 염가로 성을 고친 사람에게 보내져야 했던 서신', 그 때문에 비은은 염가장을 찾아온 것이다.

그것이 자신들이 뒤쫓고 있는 천무제의 서신과 어떠한 관계를 가지고 있는지는 몰랐지만 분명 중요한 무언가가 숨겨져 있을 것이라는 생각이 들었다.

염가장의 정문 앞은 너무도 조용했다.

새벽이라 행인이 없기도 했지만 왠지 을씨년스러운 분위기가 느껴져 오는 듯했다.

'응?

문을 열고 들어가려던 비은의 미간이 살짝 좁혀졌다.

코끝으로 미세한 혈향이 진득하게 느껴져 왔다.

짐승의 혈향이 아니었다.

분명 사람의 혈향이었다. 그것도 점점 더 짙어지고 있었다.

"스승님! 이 냄새는!"

다가서던 철후가 놀란 표정으로 비은을 쳐다보았다.

"속히 들어가자!"

철후의 표정에 답하는 대신 비은이 다급하게 돈을 날려 담을 넘었고, 걸인들이 그 뒤를 따라 염가장의 담을 훌쩍 뛰어넘었다.

"이, 이런!"

비은의 얼굴이 와락 일그러졌다.

정원 가득하게 쓰러진 사람들. 모두가 시신이었다. 죽은 지 얼마 지나지 않았는지 사방이 혈향으로 가득 차 있었다.

화르륵!

예상치 못한 상황에 넋을 놓고 있던 비은과 정보개들이 멈칫거리는데 장원의 안쪽 전각에서 불길이 치솟았고, 시커먼 인영이 걸인들을 발견함과 동시에 염가장 담 밖으로 몸을 날리고 있었다.

"철후! 쫓아라!"

비은의 외침에 철후가 장원을 빠져나간 검은 인영을 향해 몸을 날렸다.

"모두 불길을 꺼라! 서둘러라!"

"예!"

비은의 음성이 다급해졌다.

분명 자신들 이전에 다녀간 누군가가 있었다.

설령 원한을 가진 이라던가 도적떼라 하여도 반드시 잡아야 했다.

"제길."

비은의 머리가 빠르게 회전했다.

새벽 시간.

곧 동이 터 날이 밝을 것이다.

이만한 혈향에 불길이 치솟았으니 관에서 찾아올 것이 분명했다.

그전에 흉수를 알아내어야 했다.

관이 끼어든다면 그곳에 남은 이상 주목을 피해갈 수는 없었다.

그렇게 되면 분명 시끄러워질 것임은 틀림없는 사실이었다. 만에 하나 그로 인해 천무제의 서신에 대한 일이 강호에 퍼지게 된다면…….

비은은 상상만 해도 끔찍한 일이 벌어질 것임에 심각한 표정을 지으며 염가장 안을 살폈다.

정보개들에 의해 안쪽 전각의 불길이 가라앉았다.

"불은 모두 소진되었습니다."

"알겠다. 너희들은 지금 즉시 시신에 남은 모든 정보를 끌어모으도록 해라. 조금이라도 놓치는 것이 있어서는 아니 될 것이다."

"존명!"

수하들에게 명을 내린 비은은 반 이상이나 타버린 전각 안으로 들어갔다.

시커멓게 그을린 내실 안에는 두 구의 시신이 남아 있었다.

그조차도 시신의 의복이 타올라 많이 손상되어 있었다.

'누가…….'

비은은 얼굴을 찡그리며 시신을 살폈다.

남성으로 보이는 시신은 염가장의 전대 장주인 염치곤이

분명할 것이고 여성으로 보이는 시신은 정체를 알 수가 없었다.

"염치곤… 그대는 어떻게 죽게 된 것인가?"

비은은 독백하듯이 중얼거리며 시신을 뒤적거렸다.

여인은 목 앞쪽으로 길게 남겨진 상흔이 치명상인 듯했지만 단지 옆으로 그은 상처만으로는 흉수가 가진 무공이라든지 습관 같은 것은 전혀 알아볼 수가 없었다.

"어째서 상흔은 여인에게만 있는 것인가?"

염치곤의 시신을 살펴보던 비은이 의문점을 제기했다.

우두커니 서서 시신을 내려다보던 비은은 문득 방 안을 둘러보다 그을린 흔적 아래로 거대한 손톱이 마구 할퀴고 지나간 듯한 흔적을 발견할 수 있었다.

흔적은 모두 서른다섯 개.

'응?

벽면에 남겨진 흔적을 바라보던 비은이 눈을 가늘게 떴다.

'칼… 날이 세워진 것이 아니라 뾰족한 무언가에 의해서 만들어진… 그리고 방향을 보아 안쪽에서 밖으로 뻗어진 공격에 의한 것이군.'

비은은 벽면에 남겨진 흔적을 살펴보며 내실의 안쪽에서 부서진 문을 보며 자리를 잡고 섰다.

'안쪽에서 휘둘렀다. 흔적의 깊이는 동일하다. 그렇다면 일

수에 이만한 상처를 남기고… 들어오는 문까지 박살을 냈군.'

비은의 시선이 한쪽 경첩이 떨어져 삐걱거리는 내실의 문을 향했다. 다행히 불에 타지 않아 흔적이 선명하게 남아 있었다.

문 역시 안쪽에서 공격한 흔적을 가지고 있었다.

'분명 문으로 들어온 누군가를 해하기 위해 뻗어진 공격. 상당한 고련을 쌓지 않고서는 힘든 공격이군.'

비은이 흔적을 남긴 누군가의 무공을 추측해 보았다.

일검에 서른다섯 개 이상의 검기를 날릴 수 있는 무인은 당금 무림에서도 흔하지 않았다.

'응?'

문을 보며 골똘하게 생각하던 비은은 문 앞에서 작은 천 조각을 발견했다.

'천…….'

손바닥의 반 정도 크기로 잘려진 천 조각.

비은은 천 조각을 쥐어 들었다.

'비단 조각이라……. 염치곤은 병자다. 타다 남은 옷은 병자를 위한 얇은 마의(麻衣). 그렇다는 것은 공격을 당한 자의 것이라는 이야기군.'

하지만 자신의 추측에서 무언가 이상함을 느낀 비은이 시신으로 남은 염치곤을 쳐다본다.

'설마… 이 흔적은 염치곤의 것?'

비은이 몸을 돌려 염치곤의 시신 곁에 다가가 앉았다.

공격이 시작되었을 위치에서 정확하게 반 장 떨어진 거리였다.

'비수… 군.'

염치곤의 오른팔이 힘없이 처진 곳에서 얼마 떨어지지 않은 곳에 꼬챙이 같은 비수가 놓여 있었다.

누가 보아도 조금만 생각하면 염치곤이 쓰러지면서 떨어뜨린 것이라 생각할 수가 있었다. 하지만 알려진 바 염치곤은 지역 상인에 불과한 사람이었다.

비은은 꼬챙이를 들고 벽면에 남겨진 흔적에 대어보았다.

'일치하는군. 그렇다는 것은 누군가 문으로 들어왔고, 상인이라 생각한 염치곤은 감추어둔 무공으로 일격을 날렸다. 토혈을 할 정도로 병자였다니 그것이 마지막 공격이었겠지. 상대는 피하며 옷 조각이 잘렸고… 그의 반격에 염치곤이 원래의 위치에서 반 장이나 날려가 탁자에 처박혔다. 머리를 부딪친 것 같지는 않으니 뇌진탕으로 죽은 것은 아닐 것이고.'

비은이 문 앞에서 죽은 여인의 시신을 쳐다보았다.

'저 여인은 염치곤에게 죽은 것이 아니다. 그렇다면 흉수가 그녀의 목을 잘랐다는 것인데… 너무나 통상적인 흔적이다 보니 어떤 무공인지 밝혀낼 수가 없겠구나.'

비은의 얼굴이 찌푸려졌다.

좀 더 많은 정보가 필요할 것이라 생각한 염치곤의 시신을 뒤적거렸다.

반으로 꺾여 쓰러진 염치곤의 시신이 비은의 손길에 옆으로 쓰러졌다.

"이건!"

염치곤의 시선이 비껴나자 바닥에 손톱으로 긁어낸 듯한 흔적을 발견한 비은이 외마디 탄성을 질렀다.

'그렇군. 염치곤은 흉수의 정체를 남기려고 한 것인가? 그래, 대충 이해되는군. 흉수는 흔적을 없애기 위해 불을 질렀어. 하지만 염치곤은 이미 그전에 죽은 것이겠지. 그러니 불에 타면서도 미동조차 하지 않은 것이야. 후후… 다행이군. 불에 타기 전에 죽은 덕분에 그가 남긴 글귀를 찾을 수 있게 되었으니……'

비은이 속으로 웃으며 불에 그을린 흔적을 손바닥으로 쓸었다.

"뭣이!"

그을림이 닦여 나가고 글자가 드러나는 순간 비은의 눈이 부릅떠졌다.

"어찌……"

비은의 동공이 세차가 떨리는데 밖에서 걸인 하나가 뛰어들었다.

"관입니다. 관이 오고 있습니다."

"……"

비은은 글자가 준 충격에 잠시 머뭇거리다가 재빨리 정신
을 차렸다.

"신속히 이탈한다. 철후가 찾을 수 있는 곳에 흔적을 남겨
라."

"예!"

정보개들은 은밀하게 염가장의 담벽을 넘어 빠져나갔고,
염치곤의 시신을 바라보던 비은은 그가 남긴 글귀를 내력을
실어 지워 버렸다.

"염치곤… 그대는 많은 비밀을 가지고 있나 보군."

잠시 동안 염치곤의 시신을 쳐다보던 비은이 모습을 숨겼
다.

걸인들이 모습을 감추어 버린 염가장으로 관청 포쾌들과
군사들이 들이닥쳤다.

인적이 드문 산자락의 오래된 관제묘 안.

해가 뜨고 날이 밝아왔지만 관제묘 안은 앞이 잘 구분되지
않을 정도로 어두웠다.

탁, 탁.

부싯돌을 부딪쳐 밝힌 홰가 불꽃을 피워 올리고 걸인의 손
에 이끌려 나뭇가지가 쌓인 곳에 놓아지자 금세 모닥불이 피
어올라 주위를 밝혀 관제묘 안의 모습이 드러났다.

벽면을 등지고 둥글게 모여 앉은 걸인들은 심각한 표정으

로 비은의 입이 떼어지기를 기다렸다.

"철후는?"

"아직 돌아오지 않았습니다."

"으음."

비은의 얼굴이 찡그려진다.

다급함에 쫓으라고는 했지만 혼자 보낸 것이 실수는 아니었을까?

염가장을 습격한 흉수들이 어떠한 힘을 가지고 있는지 알지 못하는데 아무리 뛰어난 자신의 제자 철후라 할지라도 걱정이 되는 것은 어쩔 수가 없었다.

"큰일은 없어야 할 텐데……."

비은은 철후가 평소의 성격처럼 뛰어나가지 않기를 바랐다.

"걱정 마십시오. 그 아이, 직접 키우신 제자가 아닙니까?"

"음……."

정보개 중 나이가 조금 있어 보이는 걸인이 위안을 하듯이 말했다.

심각한 표정을 짓고 있던 비은이 한참 만에 입을 떼었다.

"일단 염가장에서 찾아온 것들부터 들어봐야겠군."

비은의 말에 걸인들이 한마디씩 거들었다.

"처음 보는 무공이었습니다."

"처음 본다?"

“예. 시신들에 남아 있는 상흔은 모두가 일격이었습니다. 일격에 숨통을 잘랐습니다.”

“일격이라…….”

“깊이와 칼이 들어간 흔적이 일정한 것으로 보아 살수인 것으로 보입니다.”

“살수?”

“그렇습니다. 시간이 촉박하여 정확하게 살피지는 못했지만 그러했습니다.”

“음…….”

걸인의 말에 비은이 고개를 주억거리며 품에서 천 조각 하나를 꺼냈다.

“염치곤의 시신이 있는 곳에 남겨져 있던 것이다. 흉수의 몸에서 떨어진 것으로 추측된다. 한데 흉수의 정체가 살수라고 하기에는 질이 너무 좋구나.”

비은의 말에 걸인들이 천 조각을 바라보았다.

“지금부터 모두가 중원을 돌며 이 천 조각에 대해서 알아오너라. 비단이라 해도 지역마다 다르다. 이러한 비단의 재질과 색감을 생산하는 곳을 살펴보고 거래되는 모든 곳에 대해 조사를 시작해라.”

“알겠습니다.”

“그리고 염치곤의 과거에 대해서 다시 조사하도록 해라.”

“염치곤이요?”

"그래."

비은의 말에 걸인들이 고개를 갸웃거렸다.

"염치곤은 남창의 상인이지 않습니까? 일전에 조사한 바로는 특별한 것이……."

걸인의 물음에 비은이 고개를 내저었다.

"틀렸다. 일전의 조사는 정확하지 않다. 나의 측측이 맞다면 그는 분명 무공을 익힌 자였다. 더구나 일격에 서른다섯 개 이상의 검기를 뿜어낼 정도로 뛰어난 무공을 가지고 있었다."

"서른다섯 개의!"

"그런?"

비은의 말에 걸인들의 입에서 놀람이 생겨났다.

한 번에 서른다섯 개의 검기를 발출해 낼 정도로 뛰어난 무인이라면 무림에서도 손에 꼽을 강자이다.

이 자리에 모인 걸인 중 비은과 철후를 제외하고는 어느 누구도 시전이 불가능한 실력이었다.

하지만 그 말이 비은에게서 나온 것이기에 아무도 반문을 제기하지 않았다. 다른 이가 아닌 비은이 보고 추측한 것이라면 정확할 것이 분명했기 때문이다.

"필요하다면 염치곤이 태어난 시기까지 거슬러 가보는 것도 좋겠다. 그가 무엇을 했는지… 개명을 하기 이전에 그의 이름이 무엇이었는지, 친척이 있다면 사돈에 팔촌이 아니라 핏줄이 섞여 있는 모두를 알아오너라.”

“알겠습니다.”

비은의 명에 걸인들이 한목소리로 대답했다.

관제묘 안에서 흉수의 정체를 토의하는 그때 누군가 헐레벌떡 관제묘 안으로 뛰어들어 와 쓰러졌다.

“철후!”

그는 철후였다.

관제묘 안을 뛰어든 철후는 비은을 발견하고 안도감에 힘이 빠져 버린 모양이었다. 상의가 찢어지고 칼날에 가슴에 생긴 상처로 핏물이 홍건했다.

걸인들은 다급하게 지혈을 도왔다.

“어찌 된 일이냐?”

비은이 걱정스럽게 다가가 철후를 안아 들었다.

“하아… 하아… 굉장한 놈이었습니다.”

철후가 안긴 채로 스승을 올려다보며 가쁜 숨을 내쉬었다.

비은의 얼굴에는 걱정스러움과 함께 놀람이 가득했다. 철후의 실력은 그를 가르치고 수련시킨 스스로가 잘 알고 있었다. 정보개라는 신분으로 인해 실력을 감추고 있지만 개방에서 후개위를 넘볼 정도로 뛰어난 실력을 가지고 있는 것이 바로 철후였기에 그의 상처는 놀라운 것이었다.

“놈은 어찌 되었더냐?”

“잡지… 못했습니다.”

“잡지 못해?”

믿을 수가 없었다.

철후가 이만한 상처를 입고도 상대를 놓쳤다는 것은 상대의 실력이 자신의 예상을 웃돈다는 뜻이기 때문이다.

“제자보다 훨씬 윗줄이었습니다. 은밀히 접근하는 순간 후려친 검격에 가슴을 얻어맞았습니다. 재빨리 산공분을 뿌리고 도망쳤기에 망정이지, 직접 싸웠다면 죽음을 면치 못했을 것입니다.”

“……”

철후의 대답에 걸인들이 술렁이기 시작했다.

“또한 처음 보는 검법이었습니다. 중원의 것이라고 하기에는 너무도 빠르고… 쿨럭!”

말을 이어가는 철후가 기혈이 막혔는지 핏물을 울컥거리자 비은이 참담한 표정으로 그의 수혈을 짚었다.

“철후를 인근 지부로 옮겨라. 최대한 안정을 기해야 할 것이다.”

“알겠습니다.”

비은이 입을 굳게 다물고 일어났다.

“지금부터 지시한 내용에 대해 최대한 신속하게 알아오라. 내용이 분명해질 때까지 일체의 발설도 용납하지 않겠다.”

“존명!”

“모두 가거라!”

비은의 명령에 걸개들이 관제묘를 빠져나갔다.

철후를 개방으로 옮기라는 명을 받은 걸개가 비은을 향해 물었다.

"비은께서는?"

맹에 비밀로 한다 해도 방에서 비은의 거처를 물을 게 뻔했기에 질문한 것이리라.

"가볼 곳이 있다. 방에는 차후에 연락을 취한다 전하거라."

"존명!"

걸개가 철후를 등에 업고 관제묘를 빠져나갔다.

비은은 무서운 안광을 발하며 모닥불을 노려보았다.

"분명… 염치곤이 죽으면서 남긴 글귀는… 금섬(金蟾). 사천의 금섬상단에 대해 말함이 분명하다."

붉은 혀를 날름거리며 타오르는 모닥불이 재로 변해 사그라질 때쯤 관제묘에서 비은의 모습은 더 이상 보이지 않았다.

第八章
당소혜의 의도

중원상왕

사천의 금섬상단은 여느 때와 다름없이 평온했다.

유금척이 일행과 함께 정주에서 돌아온 뒤로 열흘이라는 시간이 흘렀다. 호위를 해주었던 철각과 청죽단이 며칠 만에 돌아가고 금섬상단은 보통 때의 생활로 돌아갔다.

하지만 변한 것이 하나 있었다.

일찍부터 상단으로 이름난 금섬상단을 찾는 수많은 이들 중 상인이 드나드는 것이야 이상할 것이 없었지만 근래에는 상인들보다 무인들이 더 많이 드나들고 있다는 것이었다. 그들의 발걸음은 상단의 본가보다는 장춘달이 기거하는 객당으로 이어졌고, 하루에도 십수 명 이상이 객당을 기웃거렸다.

수룡왕 나척승과의 승부가 강호에 퍼지며 일어난 기현상이었다.

벌써 이름있는 무인들이 장춘달의 위명을 듣고 찾아와 식객이 되기를 자처했다. 하지만 장춘달이 그들을 일일이 맞아줄 성격이 아니다 보니 죽어나는 것은 윤자기였다.

어중이떠중이를 골라내고 돌려보내는 것이 하루 일과가 되어버린 것이다. 무인 한 사람 한 사람을 일일이 상대하는 것도 한계가 있다 보니 방명록까지 만들고 객당 앞에 대기하는 윤자기는 오늘도 찾아온 무인들과의 실랑이할 것을 생각하며 연초를 말아 입에 물었다.

"에혀, 정말 힘들구만, 힘들어."

무인들에게 시달려 느는 것은 연초뿐이었다.

"이러다가 병이라도 나면 전부 장 공자 때문이야."

윤자기는 투덜거리며 두툼한 방명록의 끝부분을 폈다.

"제길… 곽 총관께 서책을 하나 더 만들어달라고 해야겠군."

그때 정문을 지키던 상단 호위 오강이 어깨를 으쓱거리며 무인 서넛을 데리고 들어왔다.

"벌써냐?"

윤자기가 미간을 찌푸리며 오강에게 물었다.

"예."

"너도 고생이 많다."

엉거주춤하게 섰던 윤자기가 자리에서 앉으며 소필(小筆)을 집어 먹을 먹였다. 오강의 안내를 받아 들어선 무인 중 가장 앞쪽에 서있던 자가 헛기침을 하며 다가와 자신의 신분을 밝혔다.

"이가권문의 이세충이요."

"이가권문의 이세충이라…… 용무는 뭡니까?"

방명록에 대충 휘갈겨 적은 윤자기가 앉은 채로 힐끗 올려다보며 물었다.

"권협(拳俠)을 뵈러 왔소이다."

권협은 무림인들이 마음대로 가져다 붙인 장춘달의 무명(武名)이었다. 그 외에도 권왕, 파사권웅, 일권파강 등등 무수히 많은 무명이 존재했지만 지금에서는 거의 권협으로 통칭되어 불리고 있었다.

"장 공자께서는 지금 없소."

윤자기가 귀찮음이 역력한 투로 말했다.

"응? 계시다 들었는데?"

이세충이 안타까워하는 표정을 지었다.

물론 윤자기의 말은 거짓이었다. 장춘달은 지금 능소화와 함께 객당에 널브러져 있었다.

"좀 전에 나가셨소. 원체 찾는 분이 많아서……."

익숙하게 둘러댄 윤자기의 말에 이세충뿐만 아니라 기다리던 무인들의 어깨가 힘없이 쳐졌다.

“이런, 조금만 일찍 올 것을…….”

“다음에 다시 오시오.”

“혹 언제 돌아오시는지 모르십니까?”

“글쎄요. 원체 행선지를 알리지 않는 분이라…….”

“예? 행선지를 알리지 않다니요. 상단 호위의 직책을 수행하고 계신다고 들었는데요?”

이세충이 아쉬운 마음에 따지듯이 물었다.

“어허, 이런 답답한 사람을 보았나. 언젯적 이야기를 하십니까? 이미 상단 대호법으로 오르신 지 오래요. 어디 장 공자께서 시시껄렁한 상단 호위와 비교가 될 인물이란 말이오? 사천성주께서도 약속 시간을 잡지 않으시면 뵙기 힘든 분이 바로 우리 장 공자요.”

“…….”

윤자기의 말에 무인들이 고개를 주억거리며 수긍했다.

“자자, 돌아가시오. 다음!”

“이, 이보시오. 잠시 기다리시오. 왜 이리 성격이 급하시오?”

이세충이 다급히 만류하며 품에서 전낭 하나를 꺼내 몰래 윤자기에게 건네었다.

“응?”

윤자기는 자신의 손에 쥐어진 전낭을 쳐다보았다가 이세충을 보았다. 손에 쥐어진 전낭에서 제법 묵직한 느낌이 들었다.

"권협이 돌아올 때까지 기다리겠소이다. 내 권협의 위명을 듣고 불원천리 마다않고 찾아온 사람이요."

한쪽 눈을 찡긋거리는 이세충의 모양새에 윤자기가 피식 웃으며 전낭의 입구를 열어 슬쩍 쳐다보았다.

"철… 전……."

전낭 안의 묵직한 느낌은 가득히 채운 철전이었다.

"은자도 아니고……."

무언가를 기대했던 윤자기의 얼굴이 잔뜩 일그러졌다.

"이게 뭐요? 이 양반이 장난하나?"

윤자기의 표정이 일그러지자 이세충이 어리둥절한 표정을 지었다.

"지금 무인이라는 자가 감히 나를 돈으로 어찌해 보려 하다니! 썩 꺼지시오!"

철전으로 가득 찬 전낭을 돌려준 윤자기가 화를 내자 이세충의 얼굴이 벌겋게 달아올랐다. 뒤에서 기다리던 무인들의 비웃는 듯한 시선이 느껴졌기 때문이다.

이세충이 부끄러움을 감추기 위해 되레 화를 내기 시작했다.

"이, 이놈! 감히 나 남충(南充) 제일권 이세충을 뭘로 보고!"

당장 주먹다짐이라도 할 듯한 기세에 윤자기가 코웃음을 쳤다. 이세충이 내세운 남충(南充) 제일권이라는 명호는 들어

보지도 못했다. 늘 찾아오는 대다수의 무인들처럼 권협이라는 그늘에서 이름 한번 날려보거나 무공이라도 조금 얻어가려는 그저 그런 자가 분명했다.

"웃기고 있네. 내가 누군 줄 알고 위협이야, 위협이! 당신 같은 인물들이 어디 한둘인 줄 알아!"

"뭐라고? 이노옴! 고작 방문 안내나 하는 놈이 나를 무시하다니! 내 오늘 네놈과 생사결을 벌이겠다!"

이세충이 붉어진 얼굴로 화를 내자 윤자기가 미간을 잔뜩 구겼다.

"생사결? 어디 해보시던지!"

윤자기가 팔소매를 걷어붙이며 일어나자 오강이 말리고 나섰다.

"아이구, 윤 호법님, 또 왜 이러십니까!"

"놔라! 생사결을 하자고 하지 않느냐!"

"참으십시오. 대.호.법.과 늘 대.련.을 하시는 실력으로 지난번처럼 또 사람 하나 병석에 눕히려고 그러십니까?"

"……!"

오강의 말에 기세가 올랐던 이세충이 깜짝 놀라며 주춤거렸고, 무인들이 놀란 눈으로 윤자기를 쳐다보았다.

"내가 방문 안내나 한다고 지금 무시하지 않느냐! 누군 하고 싶어서 하는 줄 아나!"

윤자기가 더욱 화를 내자 이세충이 주눅이 든 모습으로 물러나며 오강에게 물었다.

"호, 혹시 저분이… 섬전철혈권(閃電鐵血拳)이신……?"

"모르셨습니까? 상단 호위장을 맡고 계신 섬.전.철.혈.권. 윤.자.기. 대협이 바로 이분입니다."

윤자기를 붙들고 있던 오강이 한 자씩 끊으며 힘주어 대답하자 이세충이 얼굴이 노래진 채 물러났다. 그러자 뒤에 서 있던 무인들이 웅성거리기 시작했다.

"이, 이런! 죄송합니다. 제가 몰라뵈었습니다. 무례를 용서하십시오."

"훙!"

이세충이 머리를 숙이며 사과를 하자 윤자기가 팔짱을 끼고 고개를 돌려 버렸다. 그 모습에 기다리던 무인들이 동경하는 눈빛으로 윤자기를 쳐다보았다.

섬전철혈권 윤자기.

그 역시 소문의 주인공이었다.

권협 장춘달을 도와 장강수로채와 녹림 태산채를 무너뜨린 것으로 그 위명이 자자하게 퍼졌고, 일부에서는 그가 장강수로채의 삼대호법인 대력혈부 모삼충과 동수를 이룰 것이라는 말도 있었다.

물론 그 대다수가 부풀려진 소문에 불과했지만 그의 위명은 권협의 소문과 함께 이미 중원에 파다하게 퍼진 상태였다.

더구나 장강수로채나 녹림 태산채에서조차 반문을 하지

않으니 모두가 진실이라 믿고 있었다.

"자자, 앉으십시오. 기다리는 분들이 많지 않습니까?"

오강의 말에 윤자기가 헛기침을 하며 자리에 앉았다.

자신을 바라보는 동경 어린 시선에 어깨에는 잔뜩 힘이 들어갔다.

사실 섬전철혈권이라는 무명에 관련된 소문은 대부분 자신이 만들어낸 것이었고, 오강과 상단 무인에 의해 은밀하게 퍼져 나간 것에 불과했다. 하지만 언제나 장춘달과 함께 다니다 보니 누구도 의심하지 않았다.

이세충이 잔뜩 겁에 질려 물러난 뒤로 기다리던 무인들은 잔뜩 위축된 모습으로 다가왔고, 방문객에 대한 일은 일사천리로 진행되었다.

설마하니 섬전철혈권(?)의 위명을 가진 윤자기 앞에서 행패를 부릴 만큼 강심장인 사람은 없었다.

방문객들에 대한 처리가 진행되는 사이 녹의를 입은 한 떼의 무인들이 객당 입구를 향해 걸어왔다.

"안녕하세요?"

"아! 당 소저 아니십니까?"

찾아온 이들은 당가의 여식인 당소혜와 그녀를 호위하는 녹혈당의 무인들이었다. 정주에서 돌아오는 길을 함께한 뒤로 자주 장춘달을 찾아왔다.

말이야 장춘달에게 의술(?)을 가르친다는 것이었지만 그것이 당가가 친분을 만들기 위함이라는 것을 모르는 이는 아무도 없었다.

"안에 계시죠?"

"예? 그게……."

윤자기가 기다리고 있는 무인들을 쳐다보며 말끝을 흐리자 당소혜가 그 뜻을 짐작하고 실소를 흘렸다.

"응? 그런데 설마 섬전철혈권께서 방문 안내를 하시는 건가요?"

"예?"

"저런, 위명도 자자하신 분이 이런 일을 해서야 되겠어요?"

당소혜의 웃음에 윤자기가 난처한 표정으로 뒷머리를 긁적거렸다. 자신의 실력이라면 함께 싸워본 그녀가 잘 알 터였으니 소문의 진위가 말도 안 된다는 것을 잘 알고 있을 것이다.

"방문 안내는 오 호위에게 맡기시고 저랑 함께 들어가시죠. 장 공자께서 돌아오실 때까지 제 박투술이나 좀 봐주시구요."

"예?"

당소혜의 말에 줄 서 있던 무인들이 서로의 얼굴을 쳐다보며 수군거렸다.

도도하기 이를 데 없는 당소혜가 사내들을 우습게 생각한다는 것쯤은 사천에서 모르는 이가 없을 정도다. 그런데 그런 그녀가 박투를 가르쳐 달라 청하니 무인들은 윤자기를 더욱 존경스러운 눈빛으로 쳐다보았다.

"자, 들어가서 함께 기다려요. 저와 함께 온 무인들에게 오 호위를 도우라 할게요."

"그게……."

윤자기가 난처한 표정으로 쭈뼛거리는 사이 당소혜가 녹혈당의 무인들에게 지시를 내렸다.

"너희들은 모두 오 호위를 도와 방문 안내를 해주도록 해. 금섬상단이나 권협의 위명에 누가 되는 일을 해서는 안 돼."

"예!"

녹혈당의 무인들이 기세 좋게 대답하며 오강의 옆에 앉아 버리자 윤자기는 어쩔 수 없이 자리를 비켜주었다.

"자, 들어가죠."

앞서서 객당문 안쪽으로 들어가는 당소혜의 모습에 윤자기가 잔뜩 찌푸린 얼굴로 뒤따랐다.

'젠장… 능 소저에게 또 한바탕 시달리겠군.'

윤자기는 앞으로 자신에게 닥칠 시련을 생각하며 힘없이 어깨를 늘어뜨렸다.

객당으로 이어진 길을 따라 전각을 돌아가자 제법 규모가 큰 정원이 나타났다.

"당가의 소혜가 권협을 뵙습니다."

당소혜의 인사에 장춘달이 힐끗 쳐다보았다.

"아, 일찍 왔네?"

"네. 좀 서둘렀습니다."

당소혜가 인사하자 장춘달의 주먹을 살피고 있던 만생 노인이 쓰게 웃으며 질책했다.

"네년 눈엔 이 싸가지없는 놈만 보이는 모양이구나."

"아! 죄송해요, 만생 어르신. 안녕하세요? 유 단주님두요."

마치 지금 막 발견한 것처럼 말하는 당소혜의 모습에 만생 노인이 혀를 찼다. 하지만 당소혜가 허리춤에서 꺼내 든 술병에 금세 얼굴이 밝아졌다.

"당가에서 직접 만든 매취주(梅臭酒)예요. 만생 어르신 때문에 특별히 챙겨왔죠."

"오오!"

매취주라는 말에 만생 노인의 섬전보다 빠른 손놀림으로 술병을 빼앗아 들고는 마개를 땄다.

알싸한 주향이 만생 노인의 코끝을 스치며 주위로 퍼져 나갔다.

"오오! 이십 년은 숙성된 듯한!"

"과연 정확하시네요. 정확히 이십 년 된 거예요."

당소혜의 대답에 만생 노인이 단숨에 한 모금 들이켰다.

"캬아~! 좋구나! 네 덕에 내 입이 근래에 호사를 누리는구

나. 헛헛!"

만생 노인이 언제 질책했냐는 듯이 당소혜를 향해 밝은 웃음을 지었다.

"떨어지면 또 드릴게요."

"또? 헛헛! 오냐! 고맙다. 내가 이러고 있을 때가 아니지."

만생 노인은 술병을 꼭 쥐고 누가 뺏어 먹기라도 할까 봐 서둘러 객당을 빠져나갔다.

"참, 단주님."

만생 노인이 사라지는 모습을 쳐다보던 당소혜가 유금척을 향해 고개를 돌렸다.

"예?"

"이번에 아버님께서 당가에서 사용하는 모든 물품을 금섬상단과 거래하고 싶다고 하시던데……."

"당가주께서요?"

"예. 아마도 당가당과 당가철물의 물품까지 포함할 모양이에요."

"허."

유금척이 놀란 표정을 지었다.

당가가 사용하는 물품이라면 실로 엄청난 양이다. 더구나 당가철물이라면 고가의 무기를 생산해 내는 곳이었고, 당가당은 해독제와 약재를 만드는 곳이었다. 그곳에 들어가는 물품만 해도 엄청난 수익이 발생하는 터라 곳곳의 상단이 관여하고 있었고, 금섬상단 또한 일부를 담당하고 있었다.

"아마 운송도 앞으로는 금섬상단 예하의 표국을 이용하실 모양이에요."

"그렇게까지?"

유금척이 더욱 놀라며 감탄을 했다.

"예. 아침에 가주회의에서 나온 내용이니 곧 내당주께서 오실 거예요."

"그렇습니까? 허, 이거 서둘러 준비를 해야겠군요."

유금척이 머릿속으로 발생하는 수익을 계산하며 자리에서 일어났다. 유금척과 만생 노인이 객당을 빠져나가자 남은 것은 장춘달과 그 옆에 앉은 능소화, 호위인 적성과 혈돈, 막 들어온 당소혜와 윤자기까지 여섯이었다.

당소혜는 능소화가 앉은 반대편에 자리를 잡고 앉았다.

그 모습에 능소화의 곱지 않은 시선이 당소혜를 향했다.

"어머? 능 소저께서는 제가 싫으신가 보죠?"

"……."

마치 속을 긁어놓는 듯한 말에 능소화의 눈꼬리가 치켜져 올라갔다.

"그나저나 멀미약을 만드는 방법이라면 어제까지 해서 다 배우지 않았나?"

장춘달이 무덤덤하게 묻자 능소화가 그 의견에 동조하는 듯한 표정으로 당소혜를 쳐다보았다.

정주에서 돌아온 열흘 동안 장춘달은 당소혜로부터 세상에 존재하는 모든 멀미약의 제조법에 대해서 배웠다. 이제는 길거리의 풀을 주워서도 멀미약을 만들 수가 있었다.

"그렇죠. 하지만 앞으로 무림에서 활동하시려면 기본적인 의술을 배워두는 것이 나쁘지 않아요. 멀미약 말고도 필요한 의술이 많습니다."

"무림에서? 난 무림에서 활동할 생각 없는데?"

장춘달이 고개를 내저었다.

"난 무림인이 되고 싶지 않아. 내 꿈은 상인이야. 상단을 만들어서 돈을 버는 것이 꿈이란 말이지. 지금 상단 호위를 하고 있는 것도 단주에게 상인이 되는 방법을 배우고 있어서야."

"……."

장춘달의 말에 당소혜가 멍한 표정을 지었다.

도도하기로 이름난 그녀가 아침 일찍부터 금섬상단을 찾아와 사람들과 관계를 유지하는 것은 모두 당가주의 명이 있었기 때문이다.

만약 그 때문이 아니라면 어찌 무공 이외에는 볼 것이 없는 장춘달에게 애써 친한 척 웃는단 말인가?

'무슨 수를 써서라도 장춘달이 당가와 긴밀한 관계를 유지하도록 할 것'이라는 당가주의 명령에 반발도 해보았지만 돌아온 것은 불호령뿐이었다. 애써 자존심을 꺾어가며 실실거렸는데 상인이 되겠다니 무슨 말도 안 되는 소리란 말인가?

이미 그의 무공을 본 터다. 아마 수룡왕이 이 말을 들었다면 게거품을 내뿜으며 길길이 날뛰었을 것이다. 당대의 무림에서 최고수 중 하나로 손꼽히는 수룡왕을 쓰러뜨리고는 무인이 아니라 상인이 꿈이라니, 무슨 말도 안 되는 소리란 말인가?

"장 공자! 지금 무림에서 당신을 뭐라고 하는 줄 알아요?"

"알아. 권협이네 뭐네 하며 떠든다더군."

"그래요! 권협! 풍진강호에 유성처럼 등장한 약관의 천재 무인이라구요. 당신의 얼굴을 보기 위해 지금도 객당 입구에 무인들이 구름처럼……."

"시끄러."

"……."

장춘달이 귀찮은 듯한 음성으로 말을 끊어버렸다. 그 모습에 능소화가 회심의 미소를 지었다.

"난 무인이 될 생각도 없고 사람들이 어떤 생각을 하는지도 관심없어. 난 그냥 상인이 되고 싶을 뿐이야."

장춘달이 만생 노인에게 치료를 받은 주먹을 몇 번 쥐어보다가 자리에서 일어났다.

"다른 볼일 없으면 그만 가봐. 난 모처럼 수련이나 해야겠으니까."

"……."

장춘달이 말에 당소혜의 고운 아미가 찡그려졌다.

호의를 얻기 위해 당가에서 금섬상단에 뿌리는 것이 얼만데…….

마음 같아서는 장춘달의 따귀라도 올려붙이고 싶은 심정이었지만 가주의 명을 수없이 되뇌며 화를 삭였다.

장춘달이 당소혜를 뒤로하고 객당 정원으로 내려서자 능소화가 승리자의 표정을 지으며 뒤따랐다. 당소혜의 얼빠진 얼굴을 보니 기분이 좋아진 것이다.

"오라버니, 오늘은 저랑 대련이나 해요."

"흠, 그럴까?"

장춘달이 고개를 끄덕이자 능소화가 당소혜에게 보여주듯이 팔짱을 끼고 나섰다.

"잠깐만요!"

"또 뭐야? 무인이 될 생각 없다니까."

자신을 불러 세우는 당소혜의 말에 장춘달이 얼굴을 찡그리며 고개를 돌렸고, 능소화가 코웃음을 쳤다.

"약초학(藥草學)을 가르쳐 드리죠."

"응? 약초학?"

"네, 약초학입니다."

"그건 뭣 하러?"

장춘달이 시큰둥하게 대답하자 당소혜가 자세한 설명을 늘어놓기 시작했다.

“중원에서 가장 많은 돈이 몰리는 사업이 무엇이라고 생각하시나요? 아, 유 단주님께 배웠으면 잘 아시겠군요.”

“…….”

장춘달이 영문 모를 표정을 짓자 당소혜가 안심하며 말을 이어 나갔다.

“첫째가 식자재입니다. 둘째는 포목이지요. 그리고 셋째가 바로 약재입니다.”

“호오?”

상업에 관련된 설명에 장춘달이 호기심을 드러내었다.

“약재의 시장은 중원 모든 곳에 산재해 있고, 그를 통해 움직이는 돈만도 엄청난 양이지요.”

“흐흠. 하긴…….”

장춘달은 과거 남창에서 잠시 동안 뱀 장사를 할 때를 떠올리며 고개를 끄덕였다. 뱀 한 마리에 은자 백 냥을 번 적이 있었다. 그러고 보면 자신이 뱀을 구분하지 못해 더 많은 돈을 벌지 못했기 때문에 뱀의 종류에 대해서 공부한 적도 있지 않은가. 그때 책에서 백화사가 엄청나게 귀한 약재로 쓰인다는 사실도 알게 되었다.

“물론 약재를 거래하는 상단은 모두 뛰어난 약초꾼들을 보유하고 있습니다. 또한 자유롭게 산을 돌아다니는 산인들에게 약초를 구입하기도 하지요. 하지만!”

당소혜가 잠시 장춘달의 호기심을 자극하기 위해 말을 끊었다. 장춘달의 시선이 자신을 집중하고 있다는 사실에 마음속으로 안도하며 계속해서 말을 이어갔다.

"상단을 운영하는 자가 약초의 종류나 효능에 따른 그 가치를 구분하지 못하면 아랫사람들에게 속을 가능성이 많지요. 안 그런가요? 하지만 약초학을 배워두면 그런 일은 없을 겁니다. 또, 스스로 좋은 약초를 구할 수도 있지요. 상단에서 약재를 거래하는 방법과 이문을 남길 수 있는 법을 배울 수 있겠지만 전문적인 약학은 알지 못하는 법입니다."

"흐흠."

장춘달이 고개를 끄덕이며 턱을 쓸자 능소화의 눈이 찡그려졌다.

"오라버니, 수련을……."

"가만있어 봐, 좀 들어보게."

"……."

장춘달이 당소혜의 말에 넘어가 버리자 잔뜩 볼을 부풀린 능소화의 찡그려진 눈에서 불똥이 튀었다.

'여우 같은 년이… 감히!'

능소화가 핏발마저 돋아 오르려는 눈으로 당소혜를 째려보았지만 당소혜는 애써 그 눈빛을 무시하며 말을 이었다.

"전문적인 약학은 의원에게서 배울 수밖에 없습니다. 제가 알기로는 유 단주께서도 만생 어르신께 약학에 대해서 어느 정도 가르침을 받은 것으로……."

당소혜가 의도적으로 만생 노인을 거론하며 장춘달의 눈치를 살폈다. 그녀의 예상대로 장춘달의 얼굴이 찌푸려졌다.

당소혜가 회심의 미소를 지으며 말을 이었다.

"만생 어른께 배우신다면 아마도 뛰어난 약초학을 배우겠지요. 하지만 소녀의 가문은 당가. 예로부터 약학과 의술을 연구해 온 문파입니다. 시전 거리의 의원보다는 더욱 뛰어난 약초학을 배우고 있지요."

당소혜는 화려한 말발로 당가를 마치 중원 최고의 의원 가문으로 포장했다. 그녀의 의도대로 장춘달의 고개가 끄덕여지자 당소혜를 노려보는 능소화의 눈에 살기마저 일렁거렸다.

"그 약초학을 제가 가르쳐 드리죠."

"정말?"

"예, 물론입니다. 수업료는 장 공자의 인연을 생각해서 무료로 할게요."

한쪽 눈까지 찡긋거리며 생긋이 웃자 장춘달의 입꼬리가 말려 올라갔다. 그 모습에 불안해진 능소화가 발끈하며 소리를 질렀다.

"오라버니! 수련 안 할 거예욧!"

"응? 깜짝이야. 왜 소리를 지르고 난리야? 수련은 너나 해."

"뭐라구요?"

“약초학이라잖아. 더구나 무료로 가르쳐 준다는데. 그치?”

장춘달이 고개를 돌리며 묻자 당소혜가 고개를 끄덕거렸다.

“당연한 말씀!”

장춘달은 능소화의 팔을 떼어내고는 당소혜의 옆에 앉았다.

“언제 시작하지?”

“아, 일단 서책을 좀 가져오죠. 저희 가문에는 엄청난 양의 의서들이 있으니까.”

“그래?”

“예. 조금만 기다리세요.”

“그러지, 뭐.”

장춘달이 고개를 주억거리자 당소혜가 걸음을 옮기다가 멈추어 서서 장춘달을 쳐다봤다.

“아, 장 공자.”

“왜?”

“함께 가실래요?”

“어딜?”

“저희 집이요.”

“당가에?”

“예. 아무래도 약초학에 대한 책은 무척이나 귀.한. 것.들이라 빼오는 것이 그러니까요. 더구나 집에 가면 약초들의 실물도 많고요."

"흠, 그러지, 뭐."

장춘달이 한 치의 고민도 없이 일어나 당소혜를 뒤따르다 능소화를 향해 고개를 돌리며 물었다.

"너도 갈래?"

"됐어욧!"

능소화가 앙칼지게 소리를 지르며 대답했다.

"성질은, 안 가면 그만이지. 가자."

얼굴 가득이 승리의 미소를 띤 당소혜를 따라 장춘달이 걸어나가자 윤자기가 헐레벌떡 그 뒤를 따르려 했다.

"윤 호위."

윤자기의 등 뒤로 능소화의 서늘한 목소리가 들렸다.

'꿀꺽.'

마른침을 삼키며 고개를 돌린 곳에는 새파란 귀기 같은 눈빛을 드러낸 능소화가 사방이 얼어붙을 정도로 싸늘한 한기를 흘리며 노려보고 있었다.

"윤 호위가 저 여우 같은 년을 데려왔죠?"

"아, 아니… 그게……."

윤자기가 헛바람을 집어삼키며 뒷걸음질쳤다. 도움이라도 청해보려 객당의 정원을 둘러보았지만 이미 적성과 혈돈의 모습은 사라지고 없었다.

"요즘 섬전 철혈권이라 불린다는군요."

능소화가 천천히 일어나 한 걸음씩 옮겨오자 오싹한 한기가 전해져 와 윤자기의 팔에 소름을 돋아 올렸다.

"그, 그게… 모두 과장된 소문이……."

"호호호, 그 위명도 대단한 섬.전.철.혈.권.이란 명호가 중원을 울리고 있는데… 그만한 실력이 되지 않아서야 곤란하지 않겠어요? 본녀가 지금부터 그 위명만큼이나 대단한 실력이 되도록 도와드리죠."

"그, 그럴 필요는……."

윤자기의 얼굴이 하얗게 질려가기 시작했다.

한두 번 당한 것이 아니다.

당소혜가 찾아와 장춘달에게 교태를 부릴 때마다 능소화는 폭발했고, 그 대상은 언제나 혈돈, 적성, 윤자기에게로 이어졌다.

"자, 시작해 볼까요?"

"……."

능소화의 스산한 음성이 윤자기의 귀를 파고들었다.

다음날.

윤자기가 어김없이 아침부터 일어나 객당 앞에 자리하고 앉아 방명록을 펼치자 정문을 지키던 오강이 다가왔다.

"아니, 호위장님. 얼굴이? 설마 또 능 소저에게?"

"에휴, 묻지 마라. 힘없는 놈이 참아야지. 젠장."

윤자기의 한숨에서 모든 것이 이해가 된 오강이 고개를 주억거렸다.

"고생이 많으시군요."

"에휴!"

오강의 위로에 윤자기가 한숨을 내쉬며 연초에 불을 붙였다. 대련(?)이라는 이름하에 행해진 공식적인 구타로 터진 입술이 연초에 스쳐 따끔거렸다.

막 연기를 들이켜고 내쉬려는데 장춘달이 출타하는 차림으로 밖으로 나왔다.

"어디 가십니까, 이른 아침부터?"

윤자기의 물음에 장춘달이 대수롭지 않게 대답했다.

"당가."

"당가요?"

"그래. 약초학이란 거, 제법 재미있더라구. 당소혜라는 그 여자의 설명도 깔끔해서 배우는 재미도 있고 말이야."

"……."

아무렇지도 않게 걸음을 옮기는 장춘달의 뒷모습을 멍하니 바라보던 윤자기는 본능적으로 객당 밖으로 흘러나오는 한기를 감지했고, 두 개의 인영이 섬전과도 같은 속도로 객당에서 도망치는 모습을 볼 수 있었다. 공처럼 둥근 그림자와 장작처럼 마른 그림자로 보아 혈돈과 적성이 분명했다. 다급해진 윤자기가 벌떡 일어나며 외쳤다.

"오강! 오늘 방문 안내는 네가 맡아라!"

"예? 어딜……."

오강이 묻기도 전에 윤자기는 정문을 향해 내달리고 있었다.

"공, 공자! 같이 가요! 저도 약초학을 배우겠습니다!"

어느새 멀어진 윤자기의 외침이 들려왔고, 객당에서는 짐승의 그것과도 같은 스산한 울부짖음이 들려왔다.

"윤 호위! 어디 갔어!"

능소화였다.

모처럼 만에 밀린 업무를 정리하던 곽철은 상단을 가득히 울리는 능소화의 목소리에 싱긋이 웃었다.

"쯧쯧, 능 소저께서 또 화가 나신 게로군. 장 대호법도 고생 좀 하겠어."

정주에서 돌아온 이후 능소화가 장춘달을 좋아하고 있다는 사실을 모르는 사람은 금섬상단에 아무도 없었다. 아니, 굳이 있다면 유금척 정도가 다였다. 특히나 최근에는 당소혜의 적극적인 애정 공세로 인해 능소화의 분노에 찬 목소리가 상단을 가득 채울 때가 많았다.

"자, 어디 모처럼 밀린 일들이나 좀 처리해 볼까."

곽철은 상단 예하의 표국과 분점에서 올라온 문서들을 점검하며 서책에 기록을 하기 시작했다.

"응?"

서류들 사이에 붉은 직인으로 '긴급' 이라 적힌 서찰을 보고는 고개를 갸웃거렸다.

"또 무슨 일로……. 어디 보자, 남창이라……. 대산표국의 철 국주께서 보내신 게군."

곽철은 오랜만에 소식을 전해온 대산표국주 철상혼을 떠올리며 서찰의 내용물을 꺼내 읽었다.

다음 순간 서찰을 쥔 곽철의 손이 잔 경련을 일으키기 시작했고, 눈은 찢어질 듯이 부릅떠졌다.

"여, 염가장이… 이럴 수가!"

서찰을 구겨진 곽철이 다급한 모습으로 자신의 집무실을 빠져나갔다.

"단주! 단주님!"

집무실을 빠져나온 곽철은 숨조차 제대로 쉬지 못하는 모습으로 전각 안을 휘젓고 다녔다.

"총관 어른, 어째서 그러십니까?"

정원을 쓸고 있던 덕이 아비가 물었다.

"이보게, 덕이 아비. 단주님 못 보았는가?"

"예? 단주님이시라면… 아까 약당에 가신다고……."

"약당? 알겠네."

곽철이 몸을 휙하니 돌려 약당으로 뛰어갔다.

“무슨 일이시지?”

곽철의 모습을 이상해하며 고개를 갸웃거리던 덕이 아비는 이내 관심을 끊어버리고는 빗자루를 쥐고 정원을 쓸었다.

금섬상단의 의약당.

금섬상단이 만들어진 이래로 가장 오래된 곳 중 하나이다.

비록 상단에 있는 이들을 위해 만들어진 곳일 뿐이었지만 어느 누구도 의약당의 필요성에 대해 의문을 가져본 적이 없었다.

왜냐하면 그곳은 유금척의 아비인 유학천이 만생 노인을 위해 세운 곳이었고, 지금의 금섬상단과 함께해 온 곳이었기 때문이다.

의약당의 주인인 만생 노인은 여느 때와 다름없이 술병 하나를 곁에 두고 작두로 약초를 다듬고 있었다.

“어떠하던가요?”

유금척이 밑도 끝도 없이 물었지만 만생 노인은 그가 무엇을 묻는지 알고 있었다.

“거의 다 나았다.”

“다행이군요.”

유금척의 걱정스러운 표정에 만생 노인이 피식 웃었다.

만생 노인과 유금척의 대화 속 화제는 장춘달이었다.

사실 만생 노인이 아니라면 장춘달의 오른손이 회복되는

것은 꽤나 오랜 시간이 걸려야 했을 것이다. 주먹 뼈가 완전히 바스러진 것이니 제대로 자리를 잡아 붙지 않으면 기형이될 가능성도 있음을 유금척은 잘 알고 있었다. 수룡왕 나척승이라면 자신뿐 아니라 동네 개도 알고 있을 만큼 대단한 고수였고, 그런 나척승의 강기와 정면대결을 펼쳐 아무렇지 않기를 기대한다는 것은 말도 안 되는 일이었다.

하지만 만생 노인의 의술을 믿었기에 유금척은 안심할 수있었다. 자신이 아는 한 만생 노인의 의술은 중원의 최고였으니까.

"어쨌든 장 대호법의 무공이 입신에 이르렀군요. 수룡왕나척승과 정면대결을 펼치다니. 그렇지 않습니까?"

"흥! 입신은 무슨… 허접한 무공으로 나대다가는 객사하기십상이야."

만생 노인이 코웃음을 치자 유금척이 미소를 더금었다.

사실 유금척은 만생 노인의 정체를 정확하게 알지 못했다.그가 어떤 인물인지, 그의 나이가 정확하게 몇 살인지, 어떤내력을 가지고 있는지도 몰랐다.

자신이 태어나기 전부터 아비 유학천과 함께해 온 인물로아비의 얼굴조차 모르는 자신에게는 양부나 다름없는 사람이었다.

"그나저나 그놈, 상인이 되겠다지?"

만생 노인이 약초를 자르며 넌지시 물었다.

"예? 아, 예. 그렇다고 하더군요. 처음에는 무사부나 표사를 해보라 권하려 했지만 지금 생각하니 제가 어리석었다는 생각이 들더군요. 그가 일신에 지닌 무공이라면 일파의 장로 이상이라도 모자람이 없을 테니까 말입니다. 한데 그는 무공을 고작 주먹질 정도라 생각하더군요. 주먹질로 돈을 벌 생각이 없다던가요? 뭐, 여하튼 그리 말했습니다."

"……."

유금척의 말에 만생 노인이 고개를 주억거렸다.

'그의 제자가 상인이라……. 거참.'

만생 노인이 오래된 기억에서 자신의 벗이던 사람을 떠올리며 헛웃음을 지었다.

"참, 조만간에 그에게 분점 하나를 맡겨볼까 합니다."

"분점을?"

"예. 상인이 되는 길을 가르치겠다 했는데 언제까지 호위로 둘 순 없으니까요. 더욱이 근래에 겹친 일들로 그가 받은 돈값은 충분히 해내었으니……."

"흠… 대놓고 맡겼다가는 실패하기 십상일 텐데?"

"예. 실패하겠지요. 하지만 실패하지 않아서야 어디 장사꾼이라 하겠습니까? 수십 번은 실패를 해보아야 제대로 된 상인이 될 수 있지요."

"흐흠… 자네의 아비가 자네를 가르친 흉내를 내볼 생각인겐가?"

"예? 그야……."

만생 노인의 말에 유금척이 쑥스러운 듯이 뒷머리를 긁적 거렸다.

그 모습에 만생 노인이 피식 웃었다.

"제법 마음에 든 모양이지? 자네가 그리하는 것을 보면."

"예. 희한하게도 그렇습니다. 왠지 모르게 사람을 끄는 매력이 있다고 해야 할까요? 어수룩해 보이면서도 똑똑한 친구입니다. 하나를 가르치면 어김없이 머릿속에 남겨두고 수십 번이나 되풀이해서 자기 것으로 만드는 친구입니다. 일전에 제가 글을 모른다는 사실을 알고 학당에 보내었더니 한 달 만에 삼경을 떼었다고 하더군요."

유금척이 장춘달에 대한 이야기에 신이 났는지 침을 튀겨 가며 설명을 했다.

"하나를 가르치면 열을 깨우쳐야지 고작 하나 익혔다고 좋아하기는……."

만생 노인은 별 뜻 없이 툴툴거렸다.

"그렇지요. 하나를 가르쳐 열을 깨우치면 좋겠지요. 하나 그런 천재는 대다수 시간이 흘러 열중에 다섯만을 기억하게 마련입니다. 스스로가 뛰어나기에 머릿속에서 불필요하다 하는 것은 지워 버리게 마련이니까요. 하지만 춘달이 그 친구는 배운 만큼은 머릿속에 항상 남겨둘 겝니다. 더구나 한번 익힌 것은 절대 잊지 않겠지요. 상인이 되자면 언제나 위기에

봉착합니다. 그 위기를 이기는 것은 배움의 많고 적음이 아니라 초심. 오만으로 일을 그르치지는 않을 겁니다."

유금척이 마치 장춘달에 대한 항변을 하듯이 확신에 찬 어조로 말했다.

이제껏 유금척이 수많은 소상인들을 키워왔지만 지금처럼 신을 낸 적은 없었기에 만생 노인이 흐뭇하게 웃었다.

"얼마 전에는 말입니다, 제가 '상론'에 대해 설명을 하는데 그 친구가⋯⋯."

유금척이 쉬지 않고 말을 이어가는데 의약당으로 곽철이 헐레벌떡 뛰어들었다.

"단주님!"

"응?"

곽철의 부름에 만생 노인과 유금척의 시선이 동시에 돌아갔다.

"단주님! 큰일 났습니다! 살변입니다, 살변이요!"

"⋯⋯."

밑도 끝도 없이 헉헉거리며 말을 내뱉는 곽철의 모습에 유금척이 고개를 갸웃거렸다.

"허, 곽 총관. 숨이나 좀 돌리시게. 그러다 숨넘어가겠네."

유금척이 곽철을 진정시키려다 다음에 이어진 말에 얼굴을 딱딱하게 굳히고 말았다.

"염가장이 살변을 당했습니다."

곽철의 말에 유금척뿐 아니라 만생 노인의 손마저 멈칫거렸다.

"그게 무슨 말인가? 염가장이 어째서?"

눈을 부릅뜬 유금척이 곽철을 향해 뛰어내려 갔다.

"남창 철 국주가 전한 서찰에 염가장이 살변을 당했다고 합니다. 그 때문에 남창이 난리가 났답니다."

"누, 누가 죽었단 말인가?"

"누가가 아니라 모조리 죽었습니다."

"모조리?"

유금척이 믿을 수 없다는 표정을 지었다.

얼마 전에 다녀온 곳이 아닌가? 병석에 누운 염치곤이 명을 다해서 죽었다면 당연한 일이라 생각했지만 염가장 전체가 살변을 당했다는 말에 유금척은 뒤통수를 맞은 듯한 충격을 느꼈다.

"염가장이……."

유금척이 독백하듯 중얼거리며 비틀거렸다.

"다, 단주님."

곽철이 유금척을 부축했다.

"자세히 말해보게, 어찌 된 일인지."

"저도 자세히는 알지 못합니다. 서찰에 적힌 바로는 염가장에서 수십여 명이 죽었다고 합니다. 염 대가와 한 부인은 불에 타 죽었고요."

“……..”

유금척이 망연자실한 표정을 지었다.

“한데 이상한 것은 염 대가의 아들인 염득성과 그의 가족의 모습이 없었다고 하는군요.”

“그런……..”

곽철의 말에 유금척은 남창에서 살려 보낸 염득성의 모습을 떠올렸다. 설마 염득성이 앙심을 품고 아비와 어미를 죽였단 말인가?

“누구라던가? 누가 염가장을 그리했다던가?”

“그것은 모르겠습니다. 남창의 관부에서 흉수를 알아내기 위해 무림인을 초청했다고만 들었습니다.”

“……..”

유금척의 표정이 딱딱하게 굳고 숨소리가 거칠어졌다.

“이러고 있을 때가 아니네. 대호법은 어디 있는가?”

“지금 당가에 가 있을 겁니다.”

“음… 서둘러 불러오게.”

유금척이 자리에서 일어났다.

“만생 어른, 가보아야겠습니다. 염가장에 변이 일어났다고 하니……..”

“그러시게. 가보게.”

만생 노인이 고개를 끄덕이자 유금척은 바삐 걸음을 옮겨 의약당을 빠져나갔다.

그 모습을 쳐다보던 만생 노인의 눈이 가늘어졌다.

'염가장이 살변을 당했다……. 염치곤이 죽었단 말이지? 설마… 그들이?

생각을 정리하던 만생 노인이 손질하던 약초를 놓고 자리에서 일어났다. 그는 염가장주의 정체를 알고 있었다.

'아니야. 오십 년간 모습을 드러내지 않은 그들이 어째서 지금 나타난단 말인가?

第九章

의협(醫俠)

중원상왕

금섬상단이 분주하게 움직이기 시작했다.

상단 예하의 표국인 남창 대산표국에서 전해진 서찰로 인한 것이었다.

유금척은 남창행을 위한 일행을 꾸리기 위해 분주하게 움직이는 무인들과 상단의 인물들을 보며 생각에 잠겼다.

염가장의 살변.

유금척이 알기로 염가장주였던 염치곤은 살아오면서 누군가에게 해악을 끼쳐 원한을 심을 사람이 아니었다. 그의 아들 염득성이라면 몰라도.

'허, 설마… 득성이 그 친구가 무슨 잘못이라도 저질렀단

말인가?'

유금척은 일전에 자신의 목숨을 노렸던 염득성을 생각하며 심각한 표정으로 하늘을 올려다보았다.

'아니야. 득성이 그 친구도 상단을 이끌어왔어. 해가 되는 일에 손을 댈 만큼 어리석지는 않을 텐데……'

유금척이 한숨을 내쉬었다.

남창에서 염치곤을 만나고 돌아서던 자신의 목숨을 노린 것은 가문의 재산과 아비에게 인정받지 못했던 일로 잠시나마 이성을 잃은 때문이었을 것이다.

또한 그 역시 진정으로 자신의 목숨을 빼앗을 생각은 없었을 것이다. 조정에서도 인망이 큰 자신을 어떻게 해볼 수는 없었을 테니까.

그때 당시 염득성이 실수한 것은 장춘달이라는 희대의 무인이 갑자기 관여한 것이었다. 만약 그때 장춘달과 윤자기가 나타나지 않았다면 유금척은 분명 염치곤으로부터 받은 모든 것을 그에게 넘겨주어야 했을 것이다.

'가만, 염 대가에게 받은 것이라면……'

유금척의 얼굴이 심각하게 굳었다.

'분명… 천무제의……'

병석에 누워 금세라도 명을 달리할 것 같았던 염치곤이 자신에게 은밀하게 넘겨주었던 오래된 서신이 떠올랐다.

'분명 장강혈사의 원흉이었던 천무제의 서신. 그렇다면 설

마 그것을 노린 인물들이 한 짓이란 말인가?'

유금척의 머리가 빠르게 회전하기 시작했다.

만약 천무제의 서신이 염치곤에게 있을 것이라 생각한 흉수들이 염가장의 살변을 일으킨 것이라면 모든 게 이해되었다.

더욱이 살변 속에서 염득성과 그의 일가족이 흔적도 없이 사라졌다면?

'이런! 그렇군. 염가장의 살변을 일으킨 정체불명의 괴인들에 의해 그들이 납치된 것이군. 그렇다면… 상단이 위험하다.'

유금척의 머릿속에 수많은 가정과 결론이 수없이 만들어졌다가 사라졌다.

"곽 총관!"

나름의 결론을 내린 유금척이 남창을 향한 일행을 꾸리는 곽철을 다급히 불렀다.

"예, 단주!"

"염가장의 살변이 언제 일어난 것인가?"

"그게… 그러니까 한 닷새쯤 된 것……."

곽철이 서찰 속의 기억을 떠올리며 대답했다.

'닷새라……. 남창에서 사천까지 뱃길을 이용한다 해도 달포는 걸릴 거리. 하나 천무제의 서신을 노린 이들이라면 실력이 출중한 무인들일 터. 닷새면 사천까지 오는 데 충분할 것

이다.’

유금척이 턱을 쓸며 심각하게 고민하다가 말했다.

“남창행을 취소하게.”

“예?”

방금 전까지만 해도 남창으로 다급히 달려갈 것 같았던 유금척이 돌연 생각을 바꾸니 곽철이 어리둥절한 표정을 지었다.

유금척은 곽철의 반문을 무시한 채 말을 이어갔다.

“지금 즉시 당가를 찾아가게. 오늘 밤 내가 연회를 열 것이라 전하고 당가주를 비롯한 당가의 주요 무인들을 초대하도록 하게.”

“예?”

곽철이 눈을 찌푸리며 고개를 갸웃거렸다.

“또한 사천성도의 각 곳에 위치한 대문파에서 무관에 이르기까지 이름난 무인들과 낭인들 전부를 부르도록 하시게.”

“……”

곽철이 영문을 몰라 하며 고개를 갸웃거렸다.

평소 친분이 두터웠던 염가장이 아닌가? 염치곤과의 친분으로 인해 목숨을 노렸던 염득성마저 용서해 준 그가 어째서 남창행을 포기하고 갑작스럽게 연회를 연단 말인가?

“단주님, 남창행을 포기한다 해도 염가장에 살변이 일어났는데 어찌 연회를……”

사천의 모든 무인을 불러들일 정도의 연회라면 그 규모가 작지 않을 것이다.

"의문을 가지지 말고 내가 시키는 대로 하게. 각파에 오늘 권협에 대해 소개하는 자리라 하면 만사를 제쳐 두고 달려올 게야."

유금척이 곽철의 의문을 끊어내고는 바쁘게 발걸음을 돌려 자신의 집무실로 향했다.

그의 뒷모습을 쳐다보던 곽철이 잔뜩 찌푸려진 얼굴로 한숨을 내쉬었다. 어쨌든 상단주의 명령이 내려졌으니 총관인 자신이 따르지 않을 수는 없었다. 이제껏 함께해 온 유금척이 심각한 표정으로 내린 결정이니 분명 다른 생각이 있을 터였다.

곽철은 자신과 마찬가지로 어리둥절한 표정을 짓고 있는 사람들을 향해 외쳤다.

"이봐들, 단주님 말씀 들었지? 남창행은 취소셀."

"알겠습니다. 하면 단주님 말씀대로 다시 준비하라 이를까요?"

"그래. 목 행수에게는 날랜 아이들로 꾸려서 서둘러 각 무관에 보내도록 하고 추 행수에게 상단에 보유하고 있는 식재료들을 전부 가지고 들어오라 하게."

"예."

곽철이 빠르게 명을 전하자 남창행을 준비하던 이들이 분주하게 움직였다.

"단주님도 참, 저녁이 되자면 이제 한 시진밖에 남지 않았
는데… 이거 대강 예상해도 기백 명은 넘을 텐데. 더구나 당
가주까지 오면 변변찮은 음식이 되어서는 안 되겠구만."

연회를 열자면 술이며 음식이며 장소까지 준비해야 할 것
이 너무나 많았다. 재료가 준비된다 해도 음식을 할 숙수에
허드렛일을 해줄 아낙들까지 신경 써야 할 것이 너무나 많았
다.

"젠장… 한 시진에 모두 준비해야 하다니… 너무 부려먹으
신다니까."

곽철이 투덜거리며 몸을 돌리고는 달음질치듯이 내당으로
달렸다.

한 시진이라는 시간은 순식간에 지나가고 있었다.

촉박한 시간 때문에 웃돈까지 줘가며 부른 아낙들이며 숙
수들이 음식을 준비하고 성내의 식자재 상인들이 쉬지 않고
식자재와 술을 실어 날랐다.

"이제 막 아이들이 도착했을 테니 무인들이 모두 도착하자
면 아직 두어 시진은 여유가 있겠군."

성내에 연회를 연다는 방을 붙인 지 얼마 되지 않았음에도
벌써 소식을 접한 낭인들이 대거 몰려드는 모습을 보며 곽철
이 대충 여유 시간을 예상했다.

"허, 장 대호법의 위명이 강호에 널리 퍼지긴 한 모양이구만. 고작 한 시진 만에 벌써 수십이 몰려들었으니 말이야."

곽철이 문득 장춘달을 생각하며 헛웃음을 흘리다가 정문으로 들어오는 한 떼의 무인들을 발견하고는 급히 뛰어나갔다.

"아이구, 당가주님이 아니십니까? 어서 오십시오."

막 정문을 들어선 이들은 강호에서 사천의 주인이라 자처하는 당가의 인물들이었다.

"곽 총관, 오랜만일세."

"예, 가주님."

공손히 허리를 반이나 숙여 인사하는 곽철의 모습에 당대 사천당가의 주인인 당학기가 환한 웃음으로 화답했다.

곽철은 당학기뿐만 아니라 뒤를 따르는 인물들의 면면을 확인하며 내당으로 안내했다. 당학기와 함께 온 인물들은 당가의 이름이 부끄럽지 않은 이들이었다. 수대에 걸친 당가주 중 유일하게 절대의 암기술인 만천화우를 시전해 내는 당학기를 비롯, 녹혈당의 당주가 된 당철, 당가칠패라 불리는 일곱 명의 고수, 당가의 내당주, 외당주까지 그 이름 하나만으로 강호에 명성이 자자한 이들이었다.

"곽 총관, 오늘 장 공자의 소개 자리라던데, 확실한가?"

당학기가 관심을 드러내며 물었다.

"암요. 당연하지요. 단주님께서 직접 인사를 시킨다고 하셨습니다.”

“잘됐구만.”

곽철은 연회장 안으로 당학기를 안내하고 다음 손님들을 맞기 위해 밖으로 나갔다.

“소혜야.”

당학기가 나지막한 음성으로 당소혜를 불렀다.

“예, 아버님.”

“앞으로 권협 그자와 더욱 관계를 돈독하게 하여라.”

“예. 노력하고 있습니다.”

“수룡왕을 이길 정도로 뛰어난 자이니 절대 척을 두어서는 안 된다.”

“명심하겠습니다.”

당학기가 당소혜에게 재차 당부하는 모습에 당가칠패의 수장인 독목(獨目) 당무결이 무덤덤한 목소리로 말했다.

“권협이라면 방계로 삼아도 좋을 듯합니다.”

“방계로?”

“예. 듣기로는 연고지도 없다 하니 더욱 좋지 않습니까? 소혜도 혼기가 찼고… 뛰어난 무인이니 좋은 배필이 될 것입니다.”

당무결이 당소혜의 표정을 살피며 넌지시 말했다.

당소혜의 도도한 얼굴이 살짝 찡그려졌지만 특별하게 변화를 보이지는 않았다.

"흐흠."

당무결의 말에 당학기가 아래턱을 쓸었다.

당가의 구성은 혈족계와 방계로 나누어진다. 혈족계란 당가의 근간을 이루고 있는 자들을 말하며 당씨 성을 쓰는 직계를 뜻했고, 방계는 당가의 이름을 쓰는 처자와 결혼해 일가를 이루고 있는 자들을 말했다.

자존심이 강한 당가는 당씨 처자가 결혼을 하고도 외부에 나가서 사는 것을 원치 않았기에 그 가족들을 방계로 삼아 사천 땅에 두고 있었다.

지극히 폐쇄적인 당가의 법도가 모든 것에 앞선다는 것을 보여주는 단편이었다.

"괜찮겠느냐?"

당학기가 당소혜의 의중을 물었다.

당소혜는 입을 굳게 다물고 아무런 대답도 하지 않았다.

마음 같아서는 혼자 살고 싶었지만 가문에서 그리 두지 않을 것이 분명했다. 가문의 어른들이 인정할 정도로 뛰어난 사내를 만나 결혼을 하지 않는 이상 세를 불리기 위한 정략결혼이 될 가능성이 높았고, 가문에서 정하는 사내라면 백치에 병신이라도 받아들여야 하는 것이 당가 여인들의 운명이었다.

어차피 할 혼인이라면 차라리 명문정파의 후기지수랍시고 실력도 없이 자존심만 세우는 어중이떠중이보다야 나을 듯했다.

　더구나 근래에 그와 친분을 유지하면서 본 바로는 말투가 투박해서 그렇지 무공도 머리도 매우 뛰어난 자였다.

　"아버님께서 결정하십시오. 소녀는 따를 뿐입니다."

　당소혜가 무덤덤한 목소리로 대답했다.

　"흐흠… 그럴 수야 있겠는가? 하나 너도 그리 나쁘게 여기지 않는 것 같으니 내 시도는 해보마."

　당학기는 마치 자신의 딸의 생각을 먼저 고려하겠다는 듯이 말하면서도 자신의 주장을 확고하게 했다.

　"허허, 오늘 연회가 더 좋은 자리가 될지도 모르겠구만그래."

　당학기가 기분 좋게 웃는 사이 사천성주를 비롯한 관부의 인물들이 상단으로 들어왔고, 계속해서 무인들의 행렬이 줄을 이었다.

　상단의 대전각의 지붕 위에서 정문으로 들어오는 행렬과 수백여 명이 앉을 수 있게 준비되어 가는 연회장을 바라보던 만생 노인이 실소를 흘렸다.

　"권협이라……. 애송이 녀석이 제법 이름을 날리는구만."

　만생 노인은 술병을 입으로 가져갔다.

　"염가장의 살겁을 듣고 무인들을 불러 모은다……. 유 단주가 제법 머리를 굴렸구만그래."

　만생 노인은 남창행을 포기하고 돌연 연회를 명한 유금척의 결단을 생각하며 고개를 끄덕였다.

"일전에 염가장주에게 무언가를 건네받은 것이겠지. 좋은 결단이야. 위험을 잘 감지했어. 암, 당가에 성의 관인들, 사천 인근의 무인들까지 불러들였으니 생각있는 놈이라면 쉽게 공격해 오지 못하겠지."

만생 노인은 몸을 일으켜 세우며 날카로운 눈으로 사방을 훑었다.

"하나… 내가 아는 그놈들이 염가장을 습격했다면 지금 모인 무인들 따위는 신경조차 쓰지 않을 것이 분명하고, 고작 수적 놈과 동수를 이룬 애송이 놈이 있다곤 해도 월령들이 동원되었다면… 결국 내가 나설 수밖에 없는 노릇인가?"

만생 노인이 엉덩이를 털고 자리에서 일어났다.

구부정하던 여느 때의 모습과는 달리 허리는 꼿꼿하게 펴졌고 눈에서는 정광이 흘러나오기 시작했다.

"후후… 좋아, 좋아. 오십 년 만인가."

나지막하게 미소를 흘리던 만생 노인이 지붕을 스치는 바람과 함께 흔적도 없이 사라져 버렸다.

2

어둠이 가득히 내린 시간.

바람이 가라앉은 거대한 대전 아래로 매서운 눈을 가진 무인들이 경계를 놓지 않은 모습으로 주위를 쓸어보고 있었다.

쾅!

굳게 닫힌 문틈으로 새어 나온 소음에 무인들이 움찔거렸지만 경계를 서던 자세를 풀지는 않았다.

소음을 만들어낸 주인이 누구인지 알고 있었기 때문이다.

대전 안에는 태사의에 앉은 인물이 화가 난 표정으로 자신 앞에 무릎을 꿇고 앉은 백염의 노인을 노려보았다.

"허, 다른 사람도 아니고 강호에 내로라하는 고수이신 수룡왕께서 꼬리를 말고 도망쳐 왔다 이 말입니까?"

"……."

노기가 그대로 느껴져 오는 목소리의 주인인 사사련주 종리강의 되물음에도 수룡왕 나척승은 아무런 대답도 하지 않았다.

한참 동안이나 노려보던 종리강이 한숨을 내쉬었다.

"장강수로의 삼대호법인 모삼충에 녹림채의 말석인 태산채와 도일출은 그렇다 치고, 평소 장강의 자존심이라며 자랑하시던 흑룡선이 가라앉고서도 아무렇지도 않다 이 말이지요? 더구나 직접 가서서 아무 수확도 없이 돌아왔다? 지금 저랑 장난하십니까?"

종리강의 이죽거림에도 나척승은 굳게 입을 다물고 있었다.

"지금 꿀 먹은 벙어리처럼 입 닫고 있다고 해결될 일인 줄 아십니까? 예?”

　나척승의 다문 입에 종리강은 더욱 노기가 뻗치는 것만 같
았다.

　사실 나척승은 사사련의 무인 중 몇 안 되는 전대의 고수였
다. 더욱이 오십 년 전 강호를 혈풍의 소용돌이로 몰아넣었던
장강혈사에서 수많은 활약을 했고, 그 이전에 절대라 불리는
천무제와 일전을 벌이고도 명을 보존했을 만큼 강한 무인이
바로 그였다.

　그런데 고작 상단 호위라는 놈과 싸워 무승부를 이루고 돌
아왔으니 사사련의 명성이 바닥을 치는 것은 당연한 일이었
다.

　“뭐라 말씀이라도 해보시지요. 지금 강호의 소문이 어떤지
아십니까!”

　“…….”

　“이빨 빠진 호랑이랍니다, 이빨 빠진 호랑이! 정파의 쓰레
기들과 마교의 무식한 놈들까지 비웃음 가득한 눈으로 쳐다
보는데 당사자이신 수룡왕께서 하신다는 말씀이 금섬상단은
그만 포기하라구요? 그게 말이 되는 소립니까!”

　종리강의 목소리가 대전을 가득히 울릴 정도로 커졌다.

　수룡왕이 사사련의 본거지로 오게 된 이유는 무한에서의
싸움 때문이었다. 그 일이 있은 이후 수룡왕은 ‘금섬상단에
서 손을 뗄 것. 절대 관여하지 말 것’ 이라는 서찰만 보낸 터라

종리강이 직접 불러들인 것이었다.

"흥, 금섬상단이라……. 사사련이 이리 우습게 되었으니
그냥 둘 순 없지요. 막으신다 해도 이제는 어쩔 수 없습니다.
흑룡선이 장강의 자존심이라면 수룡왕은 저희 사사련의 자존
심입니다. 제가 직접 나서더라도 단죄를 해야겠습니다. 고작
상단 따위에……."

아랫입술을 깨물며 차오르는 분노를 삭이는 종리강의 모
습에 나척승의 입이 떼어졌고, 그의 목소리가 대전을 흘렀다.

"사황께서 가셔도 어쩔 수가 없습니다."

나지막한 목소리였지만 그 파급 효과는 엄청났다.

모여 있던 사사련의 수뇌들의 얼굴에 놀람이 어렸다.

더욱이 종리강의 얼굴에는 어이없다는 표정이 드러났다.

"하아, 계속 입을 다물고 계시더니… 고작 한다는 말이 어
쩔 수가 없다? 이 종리강이 나서도 어쩔 수가 없다?"

종리강의 목소리에 분노를 넘어선 살기가 어리기 시작했
다.

"수룡왕께서는 제가 아직 철부지 어린아이로 보이시는 겝
니까? 후후, 우습군요. 제가 이미 한창때의 아버님을 뛰어넘
은 것을 아직 모르시는 모양이군요."

"……."

"아무리 세를 불리기 위해 상인들과 협잡이나 하고 있다고
수룡왕께 무시를 당할 줄은 몰랐군요. 그렇다면 보여드리죠,

제가 어째서 사황인지."

종리강의 눈에서 광포함이 스쳐 가고 폭풍과도 같은 기세가 대전 안을 가득 채웠다. 그가 앉아 있던 태사의가 그의 기운을 이기지 못하고 푸석거리며 부서졌고, 단 위에 거미줄 같은 금이 생겨나기 시작했다. 분노에 찬 그의 기운에는 태산도 우습게 여길 만큼 강렬한 무거움이 배어 있었다.

"후우… 사황을 무시해서가 아닙니다."

종리강의 분노에 나척승이 작은 한숨과 함께 고개를 내저었다.

"무시해서가 아니다? 그렇다면 어째서입니까?"

"……."

"어째서, 어째서……."

종리강이 다그치듯이 묻자 주저하던 나척승이 천천히 대답했다.

"의협."

"의협?"

종리강의 눈썹이 꿈틀거렸다.

"기억하시겠지요. 천무제와 함께 강호를 질타했던 이들을."

나척승의 말에 종리강의 눈매가 가늘어졌다.

"금군(金君) 유자문, 의협 강위명."

나척승의 입에서 오래전 강호를 공포로 몰아넣었던 이들

의 이름이 나오자 대전 안에 깊은 침묵이 흘렀다.

"그런데요. 그들이 어쨌단 말입니까? 이미 전대의 괴물들이 아닙니까?"

"전대의 괴물이라……. 그렇겠지요. 이미 기억 속에서 사라진 인물들이지요."

너무도 쉽게 인정해 버린 나척승의 목소리에 종리강은 허탈해지는 심정이었다.

"천무제가 사라진 이후 금군 유자문은 지병으로 죽었습니다. 부인할 수 없는 사실이지요."

"그런데요?"

"의협 강위명… 그가 살아 있더군요."

나척승의 말에 모두의 눈이 부릅떠졌다.

"금섬상단. 그곳에 의협 강위명이 있었습니다, 건재한 모습으로. 그와 눈이 마주친 순간 깨달았습니다. 한 발만 내디뎠으면… 이 자리에 있지 못했을 것이라는 것을."

나척승은 아직도 그때의 놀람을 잊지 못했는지 동공이 떨리고 있었다.

"그리고… 금섬상단에 대해 알아봤지요. 유금척 그자는 과거에 대해 모르는 것 같았지만… 그의 아비의 이름이 유학천이더군요."

"유학천?"

"그 이름을 아는 이는 얼마 되지 않을 것입니다, 가명이니까."

모두의 시선이 나척승의 입으로 집중되었다.

"금군… 유자문의 가명입니다."

3

갑작스러운 연회였지만 사천 성도 금섬상단에는 수많은 이들이 몰려들었다. 연회장을 가득 채운 이들만 해도 벌써 일백이 넘었다.

사천 땅뿐 아니라 어디서 소문을 들었는지 인근 지역 무인들도 속속 모여들어 소연회장을 더 만들어야만 했다.

"하하, 상단주께서 이리 저희를 불러주시니 감사할 따름입니다."

성주를 위시한 당가주가 포권을 하며 유금척에게 공치사를 날렸다.

"별말씀을요. 늘 신세만 지고 있는 터라 미리 자리를 마련했어야 했는데, 제가 미진하였습니다."

"무슨 그런 말씀을."

의미없는 인사치레가 오고 가고 웅성거리던 분위기가 안정되어 가자 유금척이 잔을 들고 일어났다.

"이리 자리를 해주셔서 감사합니다! 소생은 유금척이라 합니다!"

"와아!"

유금척의 목소리가 연회장 안을 가득 채우자 모여 있던 이들의 입에서 탄성이 흘러나왔다.

"오늘 이 자리를 마련한 것은 강호 동도들께 저희 상단의 자랑이자 상단 대호법인 권협을 소개하고자 함입니다."

유금척의 말에 모두의 시선이 집중되었고, 모두가 기대감에 가득 찬 눈빛으로 침묵을 지켰다.

수룡왕 나척승을 무너뜨리며 강호에 혜성처럼 등장한 무인 권협.

갑작스러운 연회 소식에도 불원천리 마다않고 금섬상단으로 온 이유가 바로 이 권협 장춘달을 보기 위함이었기 때문이다.

그의 과거가 어떠했는지, 신분이 어떠한지는 아무도 관심이 없었다.

다소 과장되고 부풀려진 소식들이 저자 객점가를 떠도는 설매자(說賣者)들에 의해 강호 전역으로 퍼져 나가고 있었다.

그의 이름은 상계 뿐 아니라 사천 무인의 희망이자 자부심과도 같은 존재로 부상하고 있었다.

"사실 권협과는 그리 오랜 시간을 보낸 것도 아니지요. 그가 저와 인연을 맺은 것이 고작 서너 달을 넘지 않았습니다만 제 목숨을 구해준 것이 벌써 수차례입니다."

유금척은 모두의 관심이 집중되자 미소를 띠며 말을 끊었다.

원래 흥미와 관심이 모인 자리에서 그 반응을 증폭시키기 위해서 어찌해야 하는지 무척이나 잘 알고 있었다.

"일전에 제가 권했지요. 그 정도로 뛰어난 무공을 가지고 있으니 풍진강호에 이름을 드높이는 것이 어떻겠느냐고 말입니다. 아시다시피 그의 위명이 상계에 자리 잡는 것이 안타까웠습니다. 자고로 진정한 무인이라면 이런 작은 우물 말고 강호라는 거대한 물에 있어야 한다는 제 지론 때문이었지요."

유금척의 말에 무인들이 가슴을 펴며 우쭐거렸다.

장난스러운 표현이었지만 그의 말은 무인들을 한껏 높여주는 뜻이 은연중에 자리하고 있었기 때문이다.

"한데 이 친구가 저한테 그러더군요, 자신은 상인이 되겠다고. 세상에서 제일 부자가 되겠다고 말이지요. 참 웃긴 친구이지 않습니까? 제가 누구라고 중원제일의 부자 자리를 제게 내놓는단 말입니까?"

유금척이 장난스럽게 눈을 찡그리자 좌중에서 웃음이 터져 나왔다.

"어찌 되었든 그는 상인 중에서는 제일 강한 상인일 겁니다."

"와하하!"

또다시 좌중에서 웃음이 연이어 터져 나왔다.

"강호의 협사 분들께는 죄송하지만 어찌 되었든 제가 권협을 상인으로 만들어야겠습니다. 부디 제 욕심이 나쁘다 나무라지 말아주시기를."

유금척이 공손하게 포권을 하며 잔을 권하자 모두가 기분 좋게 술잔을 들이켰다.

"단주, 그런 말씀 마시오. 어찌 '금불' 이라는 이름으로 세상 이들에게 존경을 받고 계신 단주가 일반 상인과 같단 말이오. 그대는 이미 상계의 거목이자 강호의 무인들에게 전혀 모자람이 없는 사람이오. 아마도 권협도 그런 금불의 위명을 알기 때문에 아무도 원치 않는 상단 호위를 자처한 것일 게요."

사천성주가 유금척을 높이면서 잔을 청하자 모두가 고개를 끄덕이며 수긍했다. 사실 나라에서 보자면 일개 무인 집단보다는 나라에 수많은 선정을 베풀어온 금불 유금척이 더욱 뛰어난 사람이 분명할 것이다.

"아마 황상께서도 인정하는 바일 게요. 그러니 일찍이 황하 범람 때 혈혈단신으로 나서서 선정을 베푼 금불에게 손수 어주를 내리신 게 아니겠소?"

맞는 말이었다.

금불이라는 칭호를 얻게 된 연유를 부정하는 이들은 연회장에 모인 이 중 아무도 없었다.

"이 무림의 말학 당학기도 성주님의 의견에 동조하는 바요."

사천성주가 자리에 앉자 당학기가 자리에서 일어나며 잔을 들었다.

평소 자주 얼굴을 내놓지 않는 당학기의 모습에 무인들의 시선이 그를 향했다.

　　권협을 보기 위해 찾은 걸음이긴 하지만 그 위명이 자자한 만천화우를 절정으로 익힌 당학기의 얼굴을 보는 것도 그들에게는 대단한 기회였다.

　　"금불께서 계신 덕분에 우리 사천 땅이 이리 번성하고 있는 것이 아니겠습니까? 권협이 아니더라도 금섬상단은 이미 수많은 이들에게 존경을 받고 있습니다. 아니 그렇습니까?"

　　당학기가 동조를 구하듯이 둘러보자 곳곳에서 수긍의 뜻이 쏟아져 나왔다.

　　"맞습니다."

　　"아무렴요."

　　주위의 반응을 보던 당학기가 흐뭇한 표정으로 유금척을 쳐다보았다.

　　"자, 어떻습니까. 이만하면 분위기가 무르익은 듯한데, 어서 권협을 내놓으시는 것이?"

　　"하하, 이런이런. 제가 당가주님을 당할 수가 없군요. 조금이라도 감춰서 신비감을 더해보려 했더니."

　　유금척의 말에 사방에서 기분 좋은 웃음이 흘렀다.

　　"자, 그럼 모두가 기다리고 계시는 권협을 소개하겠습니다."

　　유금척이 손을 들어 한쪽을 가리키자 모두의 고개가 돌아갔다.

　　시선이 집중된 곳에서는 금섬상단의 총관 곽철이 들어서고 양측으로 상단 무인들이 호위하듯 늘어섰다. 그 뒤로 용이 수놓인 백의 무복에 영웅건으로 머리를 단정하게 말아 올린 장춘달이 천천히 걸어나왔다.

목욕재계하고 옷까지 차려입으니 제법 그럴듯해 보였다.

그리 잘생긴 얼굴은 아니지만 호남형의 그의 얼굴은 권협이라는 그 명성 때문인지 더욱 잘나 보였다.

"젠장, 남창 가자더니… 귀찮게 이게 다 뭐야?"

장춘달이 평소의 자유로운 차림과 달리 몸에 꽉 끼는 무복 때문에 투덜거리자 곽철이 소곤거리며 주의를 주었다.

"조금만 참게나. 오늘은 자네가 주인공이지 않는가? 오늘만 잘 넘기면 단주께서 자네에게 분점을 하나 맡긴다고 하지 않았나."

"제기랄."

곽철의 소곤거림에 장춘달이 인상을 썼다.

만약 상단의 분점에 대한 이야기가 없었다면 거추장스럽게 옷을 입지도 않았을 뿐만 아니라 연회에 참석조차 하지 않았을 것이다.

"공자, 귀찮아도 잠깐입니다. 이 밤만 지나면 공자께서 바라 마지않으시던 장사를 시작할 수 있지 않습니까?"

단정하게 차려입은 윤자기가 장춘달을 달래며 뒤따라 걸었다.

귀찮은 표정이 역력한 장춘달과는 달리 윤자기의 얼굴은 환하기만 했다. 이제까지 삼류도모꾼으로밖에 살아오지 않은 그가 언제 이런 환대를 받아보았단 말인가? 모든 것이 꿈만 같았다.

"젠장할. 오늘만이야. 다시는 안 할 거야."

쉴 새 없이 투덜거리는 장춘달이 유금척의 곁에 앉자 본격적으로 연회가 시작되었다.

사천성주와 당가의 인물은 둘째 치고 각 곳에서 찾은 무인들이 장춘달과 한 번이라도 얼굴을 익히고 친분을 만들기 위해 너나없이 달려드는 통에 일일이 인사를 건네고 술을 들이켜는 장춘달은 죽을 맛이었다.

몰려든 이들로 인해 자리를 잡지 못한 이들은 '꿩 대신 닭'이라도 잡기 위해 '섬전철혈권' 윤자기에게 말을 건네었다. 이 모든 것이 힘든 장춘달과는 달리 윤자기는 날아갈 것만 같이 기분이 좋았다. 윤자기는 그때 장춘달의 주머니를 털기 잘한 것 같다는 생각을 하며 권주를 넙죽넙죽 받아먹었다.

연회장의 분위기가 무르익어 가고 유금척이 소피를 보러 간다면 잠시 빠져나와 곽철에게 물었다.

"능 소저는?"

"예, 정파인들이 많이 몰려든 탓에……."

"음."

곽철의 대답에 유금척이 고개를 끄덕였다.

마교의 소교주인 그녀는 알아서 자리를 피한 것이었다. 아무리 신분을 감추고 있다고 해도 몰려든 이들 중 그녀의 얼굴을 아는 자가 있을 수 있었고, 그로 인해 쓸데없는 마찰이 빚어질 수도 있었기 때문이다.

"능 소저는 그렇다 치고, 만생 어른이 보이질 않는구만그래."

"글쎄요. 의약당에도 안 계시더군요. 그냥 두십시오. 원체 번거로움을 싫어하시는 분이 아닙니까."

"하긴……."

"그나저나 단주님, 어째서 갑자기 연회를 여신 겁니까? 아무리 생각해 봐도 이해가……."

곽철이 유금척의 눈치를 살피며 물었다.

그 물음에 유금척의 얼굴이 살짝 굳었다.

"안전을 기하기 위함이야."

"예?"

유금척이 이해할 수 없는 대답을 내놓고는 연회장으로 걸어 들어갔다.

*　　　*　　　*

금섬상단에서 연회가 벌어지고 있는 그 시각.

대낮처럼 밝힌 홰의 영역에서 벗어나 더욱 어두워 보이는 숲 속에 혈포를 걸친 복면인들이 매서운 눈으로 금섬상단을 노려보고 있었다.

"모여든 무인만 일백은 넘습니다."

"……."

"일월령, 자칫 위험할 수도 있는 일입니다."

수하의 말에 뒷짐을 지고 서 있던 혈포인 일월령이 말없이 고개를 내저었다.

"어쩔 수 없는 일이다."

그 말에 수하가 다시 한 번 권고했다.

"후일을 노리는 것이 좋지 않겠습니까?"

"안 돼."

"……."

딱 잘라 말하는 일월령으로 인해 수하가 물러났다.

"유금척이라 했던가? 제법 뛰어난 자군."

"예. 금군 유자문의 아들입니다."

"유자문의 아들이라……. 어쩐지. 그러했군. 염치곤이 아무에게나 그 서신을 넘기지는 않았겠지."

일월령이 고개를 주억거리며 실소를 흘렸다.

"염가의 살겁을 들었겠지. 그리고는 무인들을 끌어모아 방비를 하기 위해 연회를 열었다? 더구나 무인들뿐 아니라 사천 성주까지 불렀으니 그 방비는 더욱 튼튼하다 생각하겠지."

"그렇습니다. 당가의 주력이 연회에 참석했고, 인근 대문파와 각 지역의 무관주들까지 모여들었습니다. 관에서도 제법 이름난 이들이 성주를 호위해 모습을 드러내었구요."

“그래그래. 그렇다는 것은 자신이 우리가 원하는 물건을 가지고 있다는 것을 더욱 확실하게 알리는 것이 아닌가.”

일월령의 입가에 더욱 미소가 짙어졌다.

“일월령, 다른 이들은 둘째 치고 당가주인 당학기는 위험합니다. 더욱이 당가칠패라 불리는 이들도 있고, 근래에 이름이 나고 있는 권협이라는 자와 섬전철혈권도 있습니다. 다시 한 번 재고를 해주십시오. 염가장 사건 때 개방의 개들이 냄새를 맡은 상태가 아닙니까.”

“그렇겠지. 하지만… 권협이라는 이름이 강호에 퍼져 나갈수록 금섬상단에 대한 시선은 더욱 집중될 터. 결국 지금이 적기라는 것이지.”

“……”

단호한 일월령의 말에 수하는 더 이상 반문을 하지 못했다.

“모두 준비하라. 단번에 끝낸다. 문답무용(問答無用). 모조리 참살하고 마무리한다.”

“존명!”

어둠 속에 몸을 숨겼던 이들이 하나둘씩 모습을 드러내었다.

“한 시진, 한 시진이면 충분하다.”

일월령의 말에 혈포인들이 살기를 드러내며 금섬상단을 노려보았다.

“가라!”

일월령의 짧은 명령과 함께 혈포인들이 발을 구르며 쏘아져 나갔다.

오랫동안 힘을 길러온 그들의 실력이라면 한 시진이면 충분하리라 생각했다. 아무리 많은 수가 모여들었다 해도 그들은 자신들의 실력을 가늠하지 못할 것이고, 갑작스러운 소란에 힘 한 번 쓰지 못하고 무너질 것이 분명했다.

텅!

몸을 날리려던 일월령은 둔탁한 소음과 함께 선두를 내달리던 수하가 무언가에 얻어맞고 튕겨 나오는 모습에 경직된 표정으로 걸음을 멈추었다.

일월령뿐 아니라 몸을 날렸던 혈포인들이 일시에 정지했다.

금섬상단에서 비롯된 홰의 빛을 등지고 자신들을 가로막은 세 개의 그림자가 보였다.

밤하늘을 흐른 구름이 달빛을 가려 그들의 모습을 정확하게 보이지 않게 했다. 허리가 어딘지 알아볼 수 없는 몸을 가진 뚱뚱하고 작달막한 그림자, 바싹 마른 몸에 큰 키를 가진 그림자, 그리고 그들의 사이에 선 어린 소녀의 그림자.

일월령은 그들의 몸에서 뿜어져 나오는 기분 나쁜 기운에 잔뜩 경계한 눈으로 노려보았다.

"누구냐!"

낮지만 노기 서린 음성에 아직 여물지 않은 소녀의 목소리가 답해왔다.

"알아서 뭐 할 건데?"

“…….”

“짜증나는 기운이 잔뜩 어려 있기에 와봤더니…….”

소녀는 새하얀 이빨을 드러내며 싸늘하게 미소를 지었다.

“가뜩이나 요즘 기분도 좋지 않은데… 어디에 적을 둔 놈들인지 모르지만 운도 지지리도 없구만.”

소녀는 연회에 참가하지 못하고 밖으로 나온 능소화였고, 나머지 두 개의 그림자는 적성과 혈돈이었다.

정파의 인물들에게 정체를 들킬 우려 때문에 밖으로 나온 걸음이었다. 당소혜가 장춘달에게 꼬리를 치는 모습이 신경 쓰이기도 했지만 정체를 들켜 사단을 만드는 것보다는 나을 것이라 생각했기 때문이다.

능소화와 적성, 혈돈. 셋을 노려보던 일월령이 짧게 명령했다.

“서둘러 제거해라.”

“존명!”

혈포인들의 검이 홰의 빛을 받아 시퍼렇게 빛나며 능소화를 향해 날아들려는 찰나, 광포한 기운이 바람을 타고 스쳐 지나갔다.

‘우웃!’

공격하려 했던 혈포인들은 차마 발을 떼지 못하고 멈추어 서고 말았다.

‘이, 이건!’

일월령이 털을 곤두서게 하는 엄청난 기운의 주인을 찾기 위해 빠르게 주변을 훑었다.

"넌 어째 여기 있느냐?"

능소화의 뒤로 뒷짐을 진 채로 한가롭게 걸어오는 또 한 명의 인물.

"아, 만생 어른?"

능소화가 목소리의 주인을 알아보고는 투덜거렸다.

"사람들이 너무 많아서……."

"오호라? 혹 정체를 들킬까 봐 그리했던 것이냐?"

"……."

능소화는 대답하지 않았지만 수긍하는 듯한 표정을 지었다.

"헛헛, 저런저런. 당가의 아이가 그 싸가지없는 놈에게 찰싹 달라붙어 있던데……."

만생 노인의 말에 능소화의 얼굴이 와락 일그러졌다.

그들이 한가롭게 말을 나누는 사이에 일월령은 등 뒤로 식은땀을 흘리며 만생 노인을 쳐다보았다.

도대체 누구기에 이런 엄청난 기운을 가지고 있단 말인가?

도무지 그의 내력을 가늠할 수조차 없었다.

그의 한걸음 한걸음에 실린 내력이 거미줄처럼 사방을 옭아매고 있는 탓에 수하들뿐 아니라 자신도 걸음을 더 이상 내딛지 못했다.

"쯧, 내 생각이 맞았군."

만생 노인이 혈포인들을 향해 여유로운 표정으로 미소 지었다.

구름에 가려졌던 달이 조금씩 모습을 드러내고 사방을 비추기 시작했다.

등진 불빛으로 가려졌던 만생 노인의 얼굴이 달빛을 받아 그 모습을 드러내자 일월령의 동공이 세차게 떨렸다.

"서, 설마!"

잊을 수 없는 얼굴이다.

"의협!"

"크크크, 오랜만이구나, 월령주."

"제기랄!"

일월령의 얼굴이 순식간에 일그러지며 외쳤다.

"도망쳐라!"

짧은 외침과 동시에 혈포인들이 재빨리 숲을 향해 몸을 날렸다.

"크크크, 감히… 도망칠 수 있으리라 생각했던가!"

잔인한 웃음과 함께 만생 노인의 몸에서 형용할 수조차 없을 정도로 막대한 기운이 뿜어져 나오며 사방으로 쏟아져 나갔다.

『중원상왕』 제3권에 계속…

화마경

火魔經

허담 新무협 판타지 소설

대호산의 다섯 산적이 자칭 천하제일인을 만난다.

괴노 마효(魔梟)!
그는 정말 천하제일인이었을까?
그의 화마경은 정말 천하제일무경일까?

인간의 마음속에 억압된 자아를 끌어내는 자(者)의 무공!
그 화마경의 세계로 다섯 산적이 뛰어든다.

"본래 사람 사는 세상이 화마의 세계인 거다."

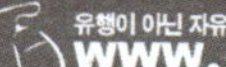

Knight Reload

마검전생

김재한 판타지 장편 소설

라할드 왕국 최연소이자 잃어버린 진실된 오라의 힘을 복원한
유일한 소드 마스터, 라곤 쿨란드!

오크들의 준동과 함께 나타난 최강의 흑기사는
라곤에게 씻을 수 없는 치욕과 절망을 안겨주지만……
그는 결코 쓰러지지 않는다.

"나를 죽이지 않고 살려둔 것을 후회하게 만들어주겠다!"

최고의 소드 마스터에서 마검으로의 재탄생!
절망에서부터 그의 도전은 다시 시작된다.

모든 검의 역사를 뒤엎을 위대한 마검의 일대기!